INK

文學叢書

100

月印萬川

劉大任◎著

目次

輯二　人間事

輯三　家事、閒事與往事

輯四 花事

自序

劉大任

《紐約眼》開欄至今，陸續寫了兩百二十篇，也先後結集成日本書出版，分別題名爲：《紐約眼》、《空望》、《冬之物語》和《月印萬川》。

因爲有了承諾，估計專欄還會繼續寫下去，所以成書與讀者見面時，我決定把這套書加上一個總題，就叫「紐約眼系列」。

「系列」這兩個字，不料給自己帶來了一些意外的壓力。

首先，寫作時，自然而然想到了風格的連續一貫。其次，難免經常意識到，今後還有沒有不絕如縷的源頭活水呢？

我發現，一禮拜一次的專欄，與我以前習慣了的一月一次或不定期的專欄寫作，對於寫作者而言，是一種性質完全不同的勞動。

寫作者無處遁逃，陷入持續不斷的緊張狀態。

我這雙習慣了紐約卻又不能不看台灣看中國與看世界的眼睛，不能不向外看又向內看的眼睛，便像夜間空襲時望天盲目搜索的探照燈一樣，始終停不下來。因爲，偷襲的敵機，不知會在什麼時候，什麼地方，忽然出現！

系列的第四本，預定九月間由「印刻」出版。校讀完畢寫自序，原決定採用《事事貼心集》爲書名，現又改爲《月印萬川》，這中間的變化，有個過程，值得一記。

編輯時，我將四十幾篇文章分爲四輯，每輯冠以小標題，每個小標題裡都含一個或多個「事」字。而不論「事大」、「事小」，也不論「正事」、「閒事」，這些「事」，歸根結柢，都是你我生活中看得到、聽得見、摸得著也想得出的東西。

這裡沒有玄學。

用了「貼心」這兩個字，也不奇怪。

如果生活是一潭水，則一月或偶然投下一粒石子，水波或許盪漾，不久便恢復平靜。投石動作規律化、頻繁化之後，這「一池春水」便無時無刻不面臨「風乍起」的威脅，要讓它不被「吹縐」，也難矣！

最近寫了三個字，用一方鏡框裝了，掛在書房醒目處，曰「花非花」。

少年時代便愛上白居易的這首詩，詩境虛無飄渺，來無影而去無蹤。對於我這個無時不處於「起緺」狀態的凡心，不免成爲偶有需要時的面壁對象。

然而，超凡出世，終究只是幻想。

習慣了人間煙火的人，如何逃得出煙火人間。

既然解脱不了，便只能在混沌、污濁、雜亂和昏昧中掙扎求生了。

這就是原來取名「事事貼心」的由來。這顆心，當然離不開有血有肉的身軀。

很慚愧，我自知不過是個永在不得超生的人。這個「生」，現在竟成了每星期面對一次稿紙而演化成「冷眼旁觀」與「熱心糾纏」之間無法了斷的矛盾。

所以，讀者如果在這些「俗人談俗事」的篇章裡找不到「大徹大悟」，是不足爲怪的。

我的世界，只有人間，沒有天國。

「紐約眼系列」的編印出版，雖然也是「俗事」一樁，卻讓我有些喜出望外。原因是，從第二本《空望》開始，畫家楊識宏兄答應設計封面。文字作者與形象藝術家合作，在日本出版界早已成爲傳統，中國文化界似不多見。我因此特別感到慶幸。

《空望》與《冬之物語》的封面，識宏費了不少心力，卻幸好他有兩幅現成的作品，似與文章內容的意境暗合，只需略事剪裁，效果便出來了。

前兩年，楊兄曾往中國大西北旅行，跑過一趟絲綢之路。在古蹟風化大自然荒漠化的那個人文歷史一度輝煌的天地間，他攝得一幅作品。

黃土地無一物，光照黯淡大地如墨，彷彿遠古遺存。與之一線相接的天，介乎有光無光之間，卻在鬱沉灰重的東南半邊天底下，無端冒出一道斜射的白光，而在西北角的空間裡，製造了蒼穹的蔚藍。

「空望」一詞，本是我的杜撰。識宏的攝影創作，恰如其份地激發了文字無法推出的想像。

《冬之物語》的封面，用的是識宏的一幅畫。我曾在〈素寫洪荒〉一文中談到過。即將出版的這一本，因爲我擬用「事事貼心」爲名，卻讓老朋友傷腦筋了。

畫家是形象思維的高手，但「事」這個字，終究難以捉摸。說它有形象，好像又沒有；說它抽象，又彷彿具體而實在。何況我的「事」，雖盤桓人間，卻也偶有不在人間也不在天國的時候。這個局，如何破？如何解？

我們在電話裡設法溝通。

我提到「春水起縐」，他似有所感。

他給我形容了一個畫面，我也忽有所悟。

於是，我給他念了朱熹的那首〈讀書有感詩〉：

半畝方塘一鑑開，
天光雲影共徘徊；
問渠那得清如許，
為有源頭活水來。

記得有一次，爲了寫方塊文章引起的一些莫名苦惱，曾向識宏吐露心聲。

我這個苦惱，大概是所有寫方塊文章的人共同的苦惱，尤其是始終無法放棄中國老傳統的文化人。

沒聽說過「文章者，經國之大業，不朽之盛事也」這種說法嗎？

然而，寫現代專欄的人，往往自覺矮人一截，因爲天生格局如此，成不了「大塊文章」，不過是天生小品盆栽，如何成就經國大業不朽盛事！

我因此常有停筆的衝動。

識宏對西方繪畫史素有研究，他給我當頭棒喝。

繪畫史上，不能以篇幅大小論成敗，一生專攻小幅精品的，也有大畫家，他說。

想到他這番話，又想到朱熹，我說：「有了！」

朱熹是個執著塵世的理學家，他的「理」，今天讀來，拘泥難行，也無須勉強適用。他那首詩，也未免過於心安理得，我只喜歡「天光雲影共徘徊」那一句。

可是，他講道的文章中，卻有一個形象的比喻，甚得我心，叫做「月印萬川」。

這「月」，豈不就是「事事貼心」的「心」。而「萬川」正是「事事」了。

我得趕快打電話給識宏，請他朝這條路走走。

輯一

國事、天下事

布局

世局如棋局，下圍棋的人都知道這個基本常識，叫做「金角銀邊爛肚皮」。所以布局時首重四角戰略要地，次及連接四角的四邊，然後再朝中腹進軍。角抓不準則四邊受累，四邊有了漏洞，則中腹可以活動的地盤必然捉襟見肘，整局棋遂處於下風挨打狀態。

圍棋的核心技巧在於「做活」，敵我雙方輪流下子，以用子少而做活並占取較大土地者爲優。棋盤的格局決定了角邊和肚皮不同空間的戰略地位。四角之所以重要，是純理性計算的結果。簡單說，四角之地，六粒棋子即能製造兩眼而成活，四邊則至少需八子，而中腹非十一子莫辦（十子可能要打劫，最終仍需十一子。）

按照這個簡單的道理推算，世局所以如棋局，就因爲凡能善用少數人力和資源卻在國際競爭中獲取較大利益者最後必勝。與此相反，心勞力絀、勞師動眾而成效不彰，則終將走向失敗。

當前的世界，正是人類發展史上的一個重要無比的布局時代。

首先是兩極對峙形勢的崩解，接下來是三個大集團的成形。

歐洲（主要是西歐）不愧是老牌帝國的發源地，文明成熟，多年海外掠奪搜括累積了巨大的財富和資源，政治和經濟上的領導階層也擁有必要的眼光和智慧。歐洲人早就醒悟，由於長期的歷史恩怨，民族國家的過細分割，面對新的世局，顯然處於競爭不利的地位，因此，歐洲成爲世界上最早致力於規模經濟發展和政治結盟的地區。

歐盟內部目前雖然還有數不盡的複雜矛盾，但作爲一個統一的經濟集團和政治板塊，基本結構已經出現。未來幾十年，不僅本身成爲一股不可侮的力量，東歐絕大部分的所謂「轉型期」國家，不能不圍著這個核心旋轉。甚至橫跨歐亞兩洲的俄羅斯及其影響之下的「獨聯體」各國，也不可能不把它們的施政重心，朝歐盟傾斜。

歐盟的提早成形，迫使世界其它地區相應作出調整。

美利堅一國獨大的北美洲，就勞力、原料和市場進行了整合。一九九四年一月，美國、加拿大和墨西哥簽訂了一項「北美洲自由貿易協定」（簡稱北美貿協，或NAFTA），成立了全球範圍最大的自由貿易區。

同歐洲聯盟比較，NAFTA地區的整合程度相差很遠，本質上不過是個拋棄貿易壁壘、鼓勵交流合作的機制。這當然是因爲這一地區三個國家的發展程度差異大，而由美國本身的世界霸強地位決定了目前的需要。隨著形勢的轉化，NAFTA有沒有可能更上層樓？甚至加上正在崛起的巴西等南美洲大國，形成一個更強大的集團，目前還看不出來。值得注意的是，今年初胡錦濤的拉美四國之行，立刻讓華爾街提高了警惕：到我們的後院來活動，想幹什麼？這類疑問，相信絕不限於操縱全球金融大局的華爾街，也必然是華府各種智囊研究機構的新課題。

從「布局」的觀點看，美國著眼的重點現在還不是美洲的整合。我相信，無論是硬心腸的保守主義鷹派還是軟心腸的自由主義鴿派，美洲本身只介於「銀邊」與「爛肚皮」之間。運籌帷幄的美國人，目前在中東下大注，這才是他們眼中的「金角」。

反恐不過是藉題發揮，金角銀邊的大刀闊斧布局動作，可能影響世界未來百年的勢力分配。

翻開地圖，可以看到美國人近年來絞腦汁、流鮮血的戰場，可以看見美國人不惜一切代價設法突破並力求鞏固的地盤。從阿富汗、巴基斯坦往西，通過中亞，穿越中東，直抵歐洲東南的巴爾幹半島，是人類災難最深重、痛苦指數最高的地區。當然，非洲有些地區（如盧安達），情況可能更糟，但美國人經常掛在嘴邊的人權和人道主義卻不見了，正因爲那裡遠在金角銀邊之外，屬於爛肚皮的範圍，於二十一世紀的天下大勢毫無影響。

上面所說的這條戰略地帶，之所以成爲美國人心目中的金角銀邊，短期看是能源，長期看是霸權。

能源是現代人生活必不可少的血液，重要性自不待言。這裡所說的霸權，是相對於歐洲的結盟和亞洲地區初顯崛起之勢的中國。

美國人眼中的這條金角銀邊地帶，如果控制在手中，則西可以牽制歐盟，東可以壓抑中國。兩極世界的一極社會主義陣營分崩離析之後，這就是全球爭霸或維持霸權的兵家必爭之地。以此觀之，反恐不過是用兵的藉口，民主自由不過是動員的口號罷了。

請看《三國演義》第三十八回。

諸葛亮對三顧茅廬的劉備說：

「將軍欲成霸業，北讓曹操占天時，南讓孫權占地利，將軍可占人和。先取荊州爲家，後取西川建基業，以成鼎足之勢，然後可圖中原也！」

一千八百年前的諸葛亮，對天下大勢的分析（姑且以小說家之言爲事實），與我們今天所處的世界局勢，何其神似也！

二次大戰的結果，讓美國占盡了天時。海洋冒險與工業革命，造就了歐洲的地利。中國靠的只是人，人和則萬事興。

要下好中國和平崛起這盤棋，我個人以爲，必須忍辱負重，外避鋒芒而內聚實力。

我以前談過，未來的亞太地區，很可能是個四極對峙又相互合作的局面。亞太的四極就是北中國、南澳洲、東日本和西印度。這四個國家的發展程度目前參差不齊，但各有各的特點。長遠看來，合則彼此互補，分則有被各個擊破之虞。

因此，無論從天下大勢還是中國興衰哪個角度看，亞太地區離不開一個「和」字。如何經營好這個「和」字，就成爲中國下好這盤棋不能不愼重處理的金角銀邊。

下面再談兩個子題。

當前在中國和日本之間發生的有關東海資源與歷史教科書之類的爭執，我認爲是表象，不是本質。

引發這類爭執的根源，在於中國的步伐超前於日本。中國雖仍戴著古老破舊的共產主義面具，實際作爲卻已突破兩極對立的世界觀。中國新一代領導人近來活動頻繁，分訪非洲、歐洲、南美、南亞和俄羅斯，四方結緣，其目的或不止於能源安全、原料供應和彼此的雙邊問題，而是在長期遠景的「和」字上作文章。

日本雖然是亞太區最發達的國家，國際政治的格局卻跳不出美國的保護傘。中、日之間的矛盾，是步調先後的問題。目前雖僵，但我相信，不可能僵到底。

另一個子題，不妨從前文的框架下看一看台灣。

如果未來世界是三大集團的對立，而亞太集團形成了四極之間雖分庭抗禮卻相互合作的局面，台灣也只有一條路可走——和。失去美國的撐腰，台獨自必胎死腹中，則中國的謀和，自然成爲決定性的主導力量。

轉軌

一條走慣的路，終於走不通了，不能不換一條路走走看。這種日常生活裡的事，換成了政治、經濟上的策略，就叫做「轉軌」。

轉軌不涉及道德問題，它只是簡單的生存手段。

台灣目前正碰到「轉軌」的問題。

說明白一點，台灣的政治、經濟策略，一向跟著美國、日本走，已經超過半個世紀了。這條路，曾經給台灣帶來政治上的安定和經濟上的繁榮。當然，安定之中，不免有過屈辱；繁榮底下，也隱藏著禍害。不少人認爲，台灣的民主，固然是重要的成就，但不能不以做美國的「看門狗」爲條件；經濟發展固然是奇蹟，但終究不過是日本的二房東。

二十世紀八〇年代以後，人類的輿圖開始出現了一些重要變化。

中國的崛起，是各種變化中影響最廣泛最深遠的。到目前爲止，除了撤南非洲、中南美洲一些小國家，世界各國的對中關係，都已經或正在進行調整。如今，甚至連唯我獨尊的美國和實力雄厚的歐盟，也不能不受影響。「轉軌」是全球性的大規模政治經濟現象。台灣不可能置身事外。把頭埋進沙堆，淹沒的只是自己。

從一九七八年十二月中共第十一屆三中全會確立了「事實檢驗眞理」的基本方針以後，「改革開放」爲大陸經濟創造了人類歷史上具有里程碑意義的奇蹟。中國的崛起仍在初期，但各方研判，這個終究要來的「巨變」，以其實際影響和影響規模而言，人類歷史上，恐怕只有十八世紀前後的西歐與二十世紀的美國，差堪比擬。

據最近《新聞周刊》報導，從一九七九到二〇〇四年，中國的GDP每年平均增長超過百分之九，脫貧人口超過三億（比美國總人口多六千萬），國民平均所得翻了四倍。中國現在是世界上煤炭、鋼鐵和水泥的第一大生產國，第二大能源消耗國和第三大石油進口國。過去十五年裡，中國對美貿易輸出增加十六倍，輸入增加四點一五倍。今天，中國生產著全球三分之二的影印機、微波爐、DVD放映機、鞋子和玩具……。

中國累積的外匯存底即將超過九千億美元，壓下了日本，並已成爲美國國債的最大債主之一。可以說，白宮長期維持不斷增加的龐大赤字，美國國民的高消費習慣，在一定程度上，要靠中國經濟的繼續發展。

毛澤東時代，意識形態掛帥造成的「一窮二白」的中國，二十五年之後，變成了清華大學培養的胡溫務實派技術官僚管理下的「世界工廠」。

面對著這種情況，台灣的選擇，不是要不要轉軌，而是怎麼轉軌。

然而，衡諸事實，台灣的轉軌，彷彿比分娩前的陣痛還要痛苦。連宋破冰搭橋之旅掀起的「大陸熱」，實利未到，台灣內部，朝野上下，已經亂成一團。執政當局，不要說原則性重大的和平互信機制問題不敢碰，實質利益明顯的農產品問題和開放觀光問題也不願碰，連可能受小朋友歡迎的熊貓，也無法做個乾淨漂亮的決定。

困難究竟在哪裡？引起痛苦的關鍵是什麼？爲什麼同文同種的新加坡人、韓國人做得到，台灣人卻做不到？爲什麼在野的政黨，能與對方達成一定的共識，主政的領導層卻必要事事杯葛，甚至不惜打擊、恐嚇、分化？

吵來吵去，拒絕轉軌的權勢集團，只能擎出一塊遮羞布，上面寫著兩個大字：主權！

那就讓我們仔細看一看，這塊「主權遮羞布」，它究竟是什麼本質。

前任美國國務卿鮑爾，曾在國際場合公開聲明：台灣不是一個主權完整的國家！

爲什麼自知一言九鼎的人，要說這樣的重話？尤其讓人深省的是，這種很可能是他內心眞正相信而不一定符合美國某些政客立場的坦白話，爲什麼在長時間任期內從來不提，下台前卻不顧後果拋了出來？

有些人認爲，這是鮑爾從政生涯的「敗筆」，我卻覺得，這句話，實際上反映了他的眞正主張。

在美國，沒有人不知道，布希政府的前四年，國際政策固然以所謂的「布希主義」為指導方針，執行理念上，卻存在著鷹鴿兩派的對立矛盾。新保守主義掌控的五角大廈和鮑爾主持的國務院，在許多敏感問題上，步調頗不一致。

關於中國的崛起，兩派認知其實沒有差距，因為這是事實。有爭議的只是：如何應付？

鷹派的策略，簡單說，叫做「一體兩面」。一體者，管卡壓也。只要能夠維繫美國的霸權，能管的管，能卡的卡，能壓的壓。

「兩面」者，一面推銷「中國威脅論」，一面糾結盟友或附庸，形成遏制包圍圈。

鴿派的做法，自然也以美國的長遠利益為依歸，但方式稍有不同，叫做「接觸、化解、重組」。把中國拉進美國人心目中的國際體制就是「接觸」；設法讓中國人接受西方人傳統構成的價值系統叫做「化解」；然後，如果中國人能夠通過這些考驗，變「文明」了，則可以考慮「重組」，也就是說：你既能遵守我們的遊戲規則，我們可以讓你參加一道玩。

鴿派的鮑爾，在小布希的前四年任期中，內外兩面受敵。國內的鷹派讓他焦頭爛額。伊拉克之戰，國務院長期準備的政策，在鷹派主導下，全部冷藏。國外則面對了傳統西方國家聯盟的嚴重分裂。鮑爾選擇在兩岸問題上針對台灣說重話，表面看似失言，其實是經過深思熟慮的。他不過是要藉此讓美國公眾了解，鷹派的世界觀，違反世界大勢的主要潮流，利用一個主權有殘缺的台灣做爲看門狗來抑制必將崛起的中國，最終一定失敗。

台灣的主權不完整，不僅是事實，而且是從來未變的事實。《馬關條約》之前的台灣，政權性質基本上屬於「化外家奴」，連藩屬的地位都不如。割讓台灣固然是城下之盟，戰敗的屈辱，但在滿清統治者的心目中，不見得那麼痛心，跟鴉片戰爭之後把香港讓給英國的心態沒有兩樣。把窮凶極惡的「蠻夷」隔在海外，總比放他們進入中土搗亂好些。不過是這種邏輯罷了。

五十年的日本殖民統治，台灣初期爲日本經營大陸的跳板，後期則成爲日本前進東南亞的基地，談不上任何國格或主權。

台灣的國格始於蔣介石大軍和國民黨政權一九四九年遷台之後。

所有在台灣受教育長大的人，包括我自己在內，全都接受了一種虛構的國民教育。理智上和情感上，我們覺得，有《憲法》，有五權分立的中央政府和一系列地方政府，有軍隊、外交和警察、法院整套體系的硬體和軟體，誰能說這不是一個國家？

這個國家，也就是我們每天在升旗典禮的朝會上歌頌信仰的，如今成爲扁宋之間共識的最大公約數，這個名稱叫做中華民國的國家，甚至有二十多年的時間，在世界上最高的政府間組織如聯合國等機構中，還享有合法的代表權。在安理會中手握否決大權的中華民國，二戰勝利之後四強之一的中華民國，誰能說它是個有殘缺的國家？

我必須指出，作爲一個國家，台灣的殘缺，不始於退出聯合國，不始於台美斷交，而是與生俱來的。

台灣爲一個主權完整國家的想法和說詞，從頭到尾，只是一個神話。

有人反對這種神話，因此要獨立建國，只不過，獨立建國的想法和說詞，衡諸殘酷的事實，也不過是一個神話而已。

提出這種主張的人，尤其是目前爲其代表的李登輝與台聯，在實際政治上，始終只能依附日本右翼政客爲之張目，始終擺脫不了美國鷹派的看門狗身分，徹底暴露了這種建國理論的虛妄。

眞正的問題不在於一些虛有其名的稱號。眞正的問題是生活在這個島上的兩千三百萬人如何順應時代的變化，保持自己的生活方式，保留自己合理發展的前景。

這才是當前和今後最關鍵的「轉軌」工程中不可忽視的核心價値。

「轉軌」是爲了兩千三百萬人活得更好，更有尊嚴，更有前途，絕不可讓一些心裡只有選票的政客，用「主權」一類的漂亮字眼，騙上錯路。

周邊有事

近來的事態發展，眞有點撲朔迷離，不由得讓人想起托爾斯泰的《戰爭與和平》。讀完報，忍不住伸手上書架，取下了一九七八年人民文學出版社發行的董秋斯名譯。

我搜索的是多年前閱讀時留下的一個模糊印象。剛從法國回來第一次參加上流社會晚會的彼爾，一出場便在貴族圈子裡製造了一個小小的騷動。記憶中，那個小小的騷動似乎與拿破崙有關，還涉及當時的國際大勢。

啊！終於找到了。

就在第一卷第三章第二十一頁的下方，參加晚會的一位尊貴的客人，摩力奧長老，說了下面一段話：

「辦法是……歐洲的勢力均衡和人民的權利，只要有一個像俄國——儘管她被人喚作野蠻的——這樣的強國，大公無私地出來領導一個以保持歐洲勢力均衡爲目的的聯盟，世界就可以得救了！」

多麼不幸，人類的歷史，從這幾句話算起，已經過去了兩百年，人類的智慧和世界的形勢，似乎並沒有太大的改進。

摩力奧長老這番話後面暗指的威脅——拿破崙，只需改成布希，再將俄國改成中國，甚至不必刪除「野蠻的」這個形容詞。兩百年的時光，便一筆勾銷了。

問題還是天真爛漫的彼爾的那句問話：「不過您怎樣得到那種均衡呢？」

不能不首先看到，兩個人，先後兩次分別進行而路線和目的看來大同小異的旅行。

不久前，美國參院聽證會上被愛德華．甘迺迪參議員直斥不負責任並暗示她說了謊的康朵莉絲．萊斯，美國有史以來第一位衝破種族與性別雙重藩籬的國務卿，跑了一趟中東和西歐。也許由於智商遠超過常人，加上態度溫和從容，又在鋼琴上達到一流演奏家的水平，據說給各地的東道主留下了深刻印象。

附帶的效果是：中東的和平路線圖，似乎得到了有力保證，可以順利推動了。

此外，在全球反恐大業中，一向採抵制態度的若干西歐國家，彷彿感到自己主張的柔性權力運用法則，終於有了呼應。伊拉克的美歐僵局，或可從協助重建和培訓保安部隊等枝節上增加參與程度找到下台階，逐漸化解矛盾。唯一解決不了的，是歐盟對中國的武器禁運。

然而，不久我們就看到，這個問題，萊斯胸中有數，在歐洲的表態，既應付了國內的雜音，又還有實質的動作予以補強。這幾天進行的所謂二加二談判，不妨視爲實現均衡的安排。

二月二十一日的《紐約時報》社論〈美國人來了〉，是近年來極爲少見的爲布希政府外交行動鳴鑼開道的文章。第一句就說：「喬治．W．布希今天出門了，美國總統訪問歐洲很少如此讓人殷望期待。」

殷望期待的究竟是什麼？讀完全文不覺一身冷汗。

如果《紐約時報》的社論可以代表美國知識界自由主義的聲音，這個聲音，對傳統意義的亞非拉有待開發和正在開發的地區和人民，聽來不免像夜半鐘聲。

文章下意識地將世界分成兩半。一半是朋友，一半是頭疼。

頭疼的問題，社論作者開列了一張表，其中包括：伊拉克、伊朗、敘利亞、北韓、中國和非洲。

文章作者繼續說：「這次訪問的編舞設計的確讓人印象深刻。布希總統將與下面三位伊拉克戰爭的積極反對者共渡高質量的時間：法國的席哈克、德國的施洛德和俄國的普亭。他還將拜訪歐洲理事會和歐洲委員會，以證明他全力支持歐洲團結。」

最有意思的是抵歐後第一場演講挑定的場地和邀請的聽眾。布希避開了面對社會大眾，布魯塞爾的歐盟總部前聚集了上千抗議人群。我猜想，任何大學禮堂或大規模的公共場所都可能降低布希團隊希望傳達的「精英主義」構想。選擇在十九世紀古典風格裝置輝煌的「貴族音樂廳」對西歐權勢人文薈萃的精選三百聽眾發表政策演說，用意十分明顯。幾乎不必聽講話內容，他的心意已經清楚傳達。

老歐洲和新美國聯合起來，拯救全世界！

當然，所謂老歐洲的「老」，也許限於二戰前後，新美國的新，則顯然是指布希所代表的新保守主義。

這是當代國際力量合縱連橫藝術的奇觀，因爲，戰後半個多世紀的政治、經濟、社會和文化發展，彷彿毫無變化，從不存在。一個以希臘羅馬基督教文明傳承爲核心價値的白人帝國，凌駕一切，主宰著人類的命運和前途！

按照這一邏輯，世界簡化成二分對立：光明與黑暗，眞理與邪惡，自由與奴役。其黑白分明的程度，有如好萊塢的古典西部電影。

以這兩次旅行所散發的氣息作爲觀照，前文提到的華盛頓二加二諮商會談及其會後產生的宣言，遂成爲這一宏觀世界的一個注腳。

美、日兩國的國防，外交首長的這個碰頭會，不過爲了強調「世界新秩序」在東亞的定位。與以往稍有不同的是，《安保條約》一向採用的一個模糊而怪異的辭語「周邊有事」，似乎有了更確切的定義。台灣海峽首次具體納入了「周邊」的範圍，兩岸改變現狀的動作，成爲「有事」的現實內容之一。

好一個「周邊有事」！

在我們熟習的國際外交詞語中，掌握要害又能伸縮自如者，「周邊有事」四字，可謂神來之筆。

「周邊」可大可小，「有事」可好可壞，此其一。

深一層看，「周邊有事」可以成爲反映內部實力與外部結盟需要的一個戰略思想。同時，隨著國際勢力均衡的不斷調整，這個四字眞言的適用方式，也可以彈性變通。

這樣一個融會貫通了政治智慧與外交技巧的抽象用語，爲什麼二加二會談宣言中，忽然不用，而改以朝鮮核武和台海安全等具體事項表達？

海峽兩岸的評論與觀察，有的憤怒，有的暗喜，自不在話下。

我的解讀稍有不同。

讓我們回到性格魯駃執著的彼爾，還是那句話：「不過您怎樣得到那種均衡呢？」

相對於冷戰時代，甚至於蘇東波解體的前後，今天的景觀變了。以阿之爭，布希不得不公開承認巴勒斯坦的建國權利，以色列必須以加薩和西岸土地換取和平。

伊拉克問題，前文所述的兩次旅行，目標在於爭取聯盟，作爲抽身的準備。

敘利亞和伊朗，先發制人之說，漸漸少提，甚至不提。

北韓的核武，不能不依賴六國的折衝樽俎。

至於我們最關心的台海局勢，圍堵早已成爲歷史，維和促談成爲表裡不一的選擇。在全球可能產生衝突的所有引爆點，傳統西方的勢力正在逐步退卻。舊世界在解體，新局面在形成。

萊斯和布希的旅行，從這個角度看，不免有些負隅頑抗的意味了。同理，「周邊有事」這四個字的神祕消失，至少說明「周邊」的範圍，已經從中東石油和麻六甲海峽的通道，退到了似有燃眉之急的台海。

甚至有人說，要不了二十年，中國、印度和美國的三強鼎立之勢，就會實現。屆時，日本或將成爲中國的「周邊」。

不過，大中國主義者，似乎也不能太過興奮。後之視今，亦由今之視昔，人類的命運，恐怕難逃彼爾的永恆問號。

時代錯誤

活到一定年紀，做人處世免不了不合時宜。不過，「不合時宜」似乎不算大毛病，偶而失禮脫俗，縱然讓人側目，那傲岸不群的姿態，有時還傳爲美談。總之，個人的小脾氣，爲害不大。

時代錯誤（anachronism）卻完全屬於另一個範疇，不能以小節視之。

想起了若干年前的一些往事。

台灣解嚴前後吧，有一晚，幾個相熟的朋友，圍坐於新生南路大樹咖啡廳的小圓桌旁瞎聊。

在座者有如今已成外獨派理論家的金恆煒，倡議將「台灣共和國」寫入民進黨黨章的李永熾，和專攻台灣史「顯學」的吳密察等。

雖云「瞎聊」，也許受當時的時代風影響，人心不免亢奮，內容遂「政治」得緊。

吳留學日本，與日本漢學界有交往，曾將我的小說《浮游群落》視爲純反蔣言論，推薦給日本的台灣文學專業教授岡崎郁子譯爲日文出版。稍覺不幸的是，岡崎把《浮游群落》中以林盛隆爲代表的活動，解讀爲鼓吹台灣獨立的政治小說，而我自審，則認爲這一段內容寫的是中國內戰的延續。

這個誤讀，顯然是對時代認識的差距造成的。

國民政府正式撤退到台灣是一九四九年。四十年之後，還有誰知道：一九四五到一九四九年期間，台大學生常在號稱杜鵑花城的校園裡跳扭秧歌。內戰期間最受知識分子歡迎的《觀察》雜誌，是國共兩黨之外民主力量的輿論堡壘。當時的重要政論家費孝通、儲安平、羅隆基、章伯鈞等人，經常發表時論，極力倡導國共休戰，依憲組織聯合政府。這些言論頗受廣大知識界重視。每期《觀察》空運抵台，代售書店前常有排長龍搶購的現象。

誰又記得，韓戰爆發之前，林彪大軍曾在福建、浙江沿海廣徵漁船，加裝馬達，改造成「機帆船」，積極演練，準備「萬船齊發」，渡海攻台。由於共軍多來自北方，不諳水戰，爲此，林彪曾在海灘上搭建無數秋千架，以預防北兵渡海時暈船。

《浮游群落》的歷史年代定位於一九六五年前後，距美國第七艦隊介入中國內戰並製造「台灣海峽中立化」之後雖將近四分之一世紀，但當時的台灣知識界，還有不少人了解這一段歷史，他們的思想與作爲，因此仍屬內戰餘緒。岡崎氏是八、九十年代日本新培養的漢學家，她已經無法明白這種歷史淵源。吳密察也是成長於台獨意識逐漸成形時期的青年學者，割斷歷史臍帶，擁抱建國理想，似已毫無困難了。

比較難以摸索的是年齡較長的李永熾和曾有深交的金恆煒。

早在《大學雜誌》時期，由於我在海外也經常爲該刊寫稿，常拜讀永熾兄在《大學》和其他出版物上介紹和翻譯日本文學與歷史的作品。由於自己不通日文，又對日本近現代的發展十分關心，李兄在我心目中的地位，跟魯迅、夏丏尊、周作人等前輩不相上下。「大樹」那一晚的接觸，讓我相當震驚。

記憶不錯的話，那晚上的金恆煒夫婦，政治態度尚未「獨」化，後來怎麼會產生「突變」，至今無法理解。

恆煒兄敬業樂群，我一向推重。

一九八二年前後，原住在柏克萊的他，接受了余紀忠先生的邀約，出任中國時報〈人間副刊〉主編。返台前，特到紐約一趟，要我給他供稿。由於當時自己仍在黑名單上，所以提出了兩個條件：第一，文章發表用本名；第二，不論怎麼寫，不得更改一字（除非錯別字）。恆煒拍胸脯保證，我也遵守諾言，他上任不久便寄去了小說《風景舊曾諳》。恆煒任內，我先後寄去幾十篇小說、散文和評論，他都一字未動，包括內容和觀點可能給他惹麻煩的那些文字。就是因爲這種因緣，他離開中時自辦《當代》雜誌後，我不但自己寫稿，還約集紐約一批朋友大力支持。大家的看法相同，在台灣的文化圈子裡，金恆煒作爲一位專業編輯，不僅眼光獨到，組稿力強，還有文人風骨。這在解嚴前的威權體制裡，是極爲難能可貴的。

恆煒今天成爲外省台獨派的理論家，深覺與我印象中的他不同。多年交往，我曾經觀察到並引爲同類的那種文化情懷與史識，怎麼可能突變？

時代變化加上長期撰寫政論方塊是唯一可能的解釋。

政治方塊是短兵相接的匕首式文章，非立場鮮明、論點犀利不能置敵於死地，不容許游刃有餘。

從一九八七年秋解嚴，到李登輝主政十二年，台灣的政治版圖產生了根本變化。變化最大的是：台灣從長期中國內爭自覺無力取勝的困境中，也許由於經濟力的提升，也許由於西方文化的影響，發展出一種思維上的飛躍，開始向地緣政治絕不允許的烏托邦裡尋求出路——這就是所謂的獨立建國迷思。

然而，我相信，歷史終究會證明，這種迷思，只是一種時代錯誤。

時代錯誤可能有多種不同的樣式，也可能發生在不同的時空，但本質是一致的，即以空想代替實際，或放大少數因子，抹煞永恆變數。

試舉另一實例說明。

最近讀報，看到溫家寶的新年談話中，又一次挑出于右任那首早已被統戰部門用濫了的白話詩喊話。于右任到台灣時恐怕已是七十多歲的老人，他的感情再怎麼眞摯也不可能有多少代表性。試問：今天的台灣，有幾個人會從心的底部發出「葬我於高山之上兮，望我大陸……」之類的呼喊。用這種恐龍式的感情，「寄希望於」二千三百萬台灣人民，何其荒唐可笑！

多少年來，海峽兩岸從事政治思考的方式，往往由於情感的影響和形勢的壓迫，不自覺地劃地自限於「統」「獨」二分法。

但我們仔細分析國際形勢和統獨問題可能涉及的極爲複雜敏感的內涵，應該知道「統」與「獨」都是於事無補的偏方，引向悲劇的不二法門。兩條路都走不通，也不能走。

兩岸只能有一個選擇——和。

嚴肅從事兩岸問題思考的人，必須努力撇開一切迷霧，把心用在「和」字上。

而最大的迷霧莫過於時代錯誤意識帶來的一廂情願思想。

前文提到的幾個朋友，只不過是舉例言之。我深知，目前的兩岸形勢，已經到了山窮水盡的地步，短期內，如不能深自反省，改弦更張，前面絕無柳岸花明的可能，等待我們的，只有深淵，只有毀滅。

想到兩岸大權在握的兩批人馬，如今仍深陷於時代錯誤的重重迷霧，又想到辜振甫這樣老一輩心胸寬和的人物，逐漸凋零，能不膽戰心驚！

二〇〇四年是以世紀天災收尾的，二〇〇五年以後的路上，有沒有空前人禍？

選前雜感

從海外看台灣的選舉，尤其是我們這種雖關心卻又不願選邊的人，往往覺得，「選舉」這兩個字，幾乎成了災難的同義語。

又到選舉季節了，要想不說話也難。

住在外面的人，最好從外面說起。

台灣在世界上的特殊地緣政治地位，是台灣如何生存的主宰因素，這是常識。因此，北京的動向，舉足輕重，不妨就從北京最近的一系列動作開始觀察。

首先是中、法之間的事態變化。

「九一一」和美國發動襲阿侵伊的先發制人戰爭之後，法國民間反美情緒高漲，官方政策與美分道揚鑣，這個發展，恰逢胡、溫接班期的前後。兩國領導層，制訂了文化交流，經濟合作和近乎政治結盟的新方案。法國政府宣布二〇〇三年為「中國年」，中國則定二〇〇四年爲「法國年」。雙方有各種交換展出，文化、藝術、音樂和舞蹈訪問團絡繹不絕。法國人看到了中國文物所代表的傳統中國文明，中國人看到了法國近百年來的時尚設計。兩國領導人更藉官式訪問造勢。法國的中國熱和中國的法國熱，在國際恐怖主義和反恐怖的恐怖主義相互廝殺中，成就了一種稀有的和平理性風景。

當然，美麗風景的背後，並非沒有實際利益的計量。法國人要中國的大市場，中國人也想藉法國影響歐盟，解除先進武器的禁運。

法中熱戀對台灣而言，意味著什麼？

四個字：更加孤立。

不過，也應看到，胡、溫的思維與做法，顯然跳出了江澤民體制以大國或大國集團爲直接對象的外交操作窠臼。這也跟內政上試圖打破江體制「全方位」躍進式發展法一樣，思慮比較細密，作風更加務實。

中、法結合固然也是孤立台獨圍點打援策略的一個環節，但做法上也有別於江澤民執政時期。軍事解決的鷹派姿態放低，政治解決的空間因此放寬。總之，可以感覺到，身段比以前靈活多了。中、俄之間，最近也有變化。

十月十四日，以普亭總統爲首的俄羅斯代表團抵達北京訪問，並與胡錦濤舉行了高峰會議，雙方簽署了十二項雙邊文件，其中包括兩國爭議一百五十多年長達四千三百公里的邊界協定（《中俄國界東段的補充協定》，《中俄聯合聲明》和《中俄關於俄羅斯加入世貿組織的市場准入協議》。這些「聲明」和「協議」牽涉的範圍甚廣，但專家們基本同意，對中國而言，核心問題是石油等能源的供應，對俄國而言則是「入世」問題。

近年來成爲「世界工廠」的中國，能源供應趨緊張，這是後發展的中國面對美國控制中東石油供應的既成體制如何突破的生死交關大事。務實派的胡、溫是否因此在邊界問題上冒犯了民族主義情緒而有所退讓，立刻產生爭議。大陸不少網站由於黑瞎子島的歸屬問題受到官方壓制，網民言論被消音。但我們不妨對照一下另一個事件來觀察。十月十七日，日本政府的經濟產業大臣中川昭一接受富士電視台訪問，宣稱北京已授權若干中國大陸公司，在東海的日本專屬經濟區探勘天然氣。

所謂專屬經濟區（Exclusive Economic Zone），是至今無法普遍落實的制度。近年來科技飛躍進步，人類開始動腦筋向大海找資源，因此產生了這個附屬於主權的新觀念。聯合國海洋法會議討論爭執二三十年，這個問題始終不能妥善解決。基本上，擁有高科技能力的發達國家與力求保護自己未來的開發中國家之間，存在著無法解決的矛盾。前者希望各國的領海以及依領海範圍劃界的專屬經濟區，面積越小越好，因爲他們有能力在這些範圍之外的公海上進行採勘，開發資源。後者當然想爲自己的子孫後代保留潛在的財富。

日本經濟產業大臣所說的日本專屬經濟區，與中國官方所認定者，有所不同，這就牽涉到像釣魚台一類有爭議的領土問題。北京剛派往東京就任的新大使王毅因此於首次在東京舉行的記者招待會上強調：中方的東海油氣開發位於並不存在爭議的大陸近海，是中國國家主權範圍內的事情。

不過，王大使也指出，中方還是從中日關係的大局出發，主動建議就東海問題舉行磋商，以尋求解決的途徑。中國與法、俄、日三國之間的關係，歷史背景各有其複雜性，當前有待處理的問題，性質也不一樣，但從這些變化中，可以看出，北京的新一代領導人，在國際戰略的設計與執行上，完全擺脫了毛澤東時代意識形態掛帥的老作風。在處理國與國的關係上，終於建立了以本國實際利益為依歸的原則，手段上也可硬可軟，連江澤民不自覺地繼承了上一代的那種「假大空」姿態，也徹底拋棄了。

對照台灣近年來的一些變化，兩岸出現的角色對換新面貌，何其有趣！

北京的政權，原為列寧式政黨通過統一的意識形態、嚴密的黨組織和激烈暴力手段建立起來的。經過五十五年的演化，這個政權越來越像技術官僚集團，居然實事求是了。

台北的政權，是通過民主選舉產生的，本質上不應該有任何意識形態的包袱，即便執政經驗不足，能力有所欠缺，怎麼可能脫離實際，盲目追求空泛的革命目標！

可是，這幾年的台灣政局，彷彿一頭怪胎，爭取政權的民主選舉過程，居然與革命獨立建國的迷思掛上了鉤。連選舉過後依法執政的各種作爲，因爲考慮以後的選舉實效，也動不動訴求民粹情緒，大玩意識形態遊戲。

這種現象的根源，也許應追溯到台獨運動形成期的歷史經驗。

一九四七年二月二十八日以前，台灣絲毫沒有任何足以影響群眾的獨立運動。「二二八」之後，大批台籍精英流亡海外，先後在日本和美國建立了組織。直到李登輝上台，台獨運動在海外蟄伏了四十多年。

這四十多年的經驗，主要孕育了兩套表裡並不一致的思想和策略：爲了實現理想，必須反對外來政權，爲了求生存，又必須依附美、日。前者的後續發展是本土主義和去中國化，後者則是台北外交日益困窘的眞正原因。這兩套思想和隨之而來的策略，到了今天，只剩下一個核心——反中國。從歷史發展過程看，前期主要反國民黨代表的中國，現在則將重心轉移到北京。美國和日本是始終視中國爲假想敵的國家，台獨四十年海外飄泊，從來就沒有認眞考慮過沒有美、日卵翼呵護是否也能獨立建國的問題。

更不幸的是，受這套傳統思維深刻影響的當前台北執政集團，及其左右翼的附從，如今卻面對一個美、日實力逐漸下降而中國實力不斷上升的亞洲。處在這樣一個國際地緣政治的夾縫裡，可以想像，台北的政局，只要選舉結果依然由民進黨掌大權，台灣未來的道路，必然越走越窄，越走越驚險。

不能想像的是，爲什麼經貿立國的台灣，經貿命脈早已與大陸結合成共同體，政治上卻要與自己的根本利益對著幹！

更不能想像的是，台灣還是有那麼多選民，竟然以政經分離方式處理手上的神聖一票。明知自己的飯碗與大陸息息相關，卻將選票送給最有可能砸自己飯碗的政客。

只能說，這或許就是台獨運動創造出來的台灣民族主義最偉大的精神勝利。

台灣的義和團化

「不談國是」已經頗有一段時間了，「不談」並非「不關心」。這將近半年的時間裡，我維持著自己的習慣，重要的報紙雜誌，擇精而讀，遇到特定的事件和問題，也上網查一查。「不談」當然是出於一種無可奈何的無力感。台灣的處境繼續向下沉淪，似已成為任何關心與討論都拉不回半分的宿命趨勢。

二〇〇四年十月四日晨起讀報，同時讀到兩則新聞。

國際要聞裡有這麼一條：「石原慎太郎：日毋須為侵華道歉」

這是大標題。內容還有一些細節，最讓人毛骨悚然的是：

「日本在二十世紀三十至四十年代向鄰國發動的侵略戰爭，石原認為是為了協助亞洲國家抵抗西方帝國主義，否則亞洲國家都會變成白人的殖民地，所以根本沒有必要道歉……。」

因此，根據石原氏的邏輯，中國人不僅應該為南京大屠殺向日本人鞠躬道歉；哈爾濱附近平房地區的七三一部隊以中國活人爲細菌戰實驗品的皇軍功業，我們更應該跪地磕頭了。

同理，三、四十年代被迫參加聖戰因而毀了一生甚至犧牲了性命的台灣男子，和被征爲慰安婦以鼓舞皇軍武士道精神的台灣女子，豈不都因爲石原氏的主張，不但失去了向日本軍國主義討債求償的資格，反而要「洗心革面」，爲了自己有幸被天皇裕仁和戰犯中條英機一類人選中，才有參與「聖戰」的機會，而必須放棄一切爭議，眞心感恩圖報才是！

幸好石原氏的言論，目前還不是日本思想界的主流。幸好目前的台灣，明白贊成或隱性附和石原所代表的日本價值的人，也還沒有成爲主流。

然而，台灣近日來出現的一些義和團式的表演，骨子裡卻藏著這種因子。

在國內要聞版裡，又看到另一則雖不恐怖卻有趣得可怕的消息。標題是：「台支持日本成聯國常任理事國」。

這個頭條，讀來讓人覺得台灣似乎在國際事務上頗有舉足輕重的力量似的。但稍稍冷靜一下，又沒有人不知道，台灣的最大困局，正是因爲國際人格的殘缺不全。

再讀副標題。「游揆、邱義仁贊成日邁向正常國家，盼在台海和平扮演更重要角色」

原來是兩位政要希望拖住日本人大腿，希望將來能拉自己一把！

新聞內容一讀，這個「國際大政」主張的實質意義，完全暴露了原形。

首先，發言場合是「中華歐亞基金會」主辦的「二〇〇四台日論壇」。原來是自導自演的主旨在於向台灣島內民眾宣傳的一個聚會。日本參與者不過是些過氣政客、右派學者以及與台灣有貿易關係的商人，號稱「日本產官學界」。

其次，身任國安會祕書長的邱義仁在會中指出：「台、日面臨類似挑戰，日本在追求正常化國家過程中積極踏入國際社會……台灣也希望能與國際社會共享經濟成就，民主價值……。」

這話怎麼解讀呢？

關鍵在於「正常化」三個字。

日本在聯合國裡一直拚命求表現，這是不爭的事實。七十年代末期，我在總部設於肯亞首都內羅畢的聯合國環境規劃署供職。該機構屬於聯合國系統內所謂的UN Body（聯合國機關）。從資金來源上鑒別，所謂「聯合國機關」即經費一半來自聯合國經常預算，另一半來自會員國的捐助。當時的日本，是聯合國環境規劃署預算中最大的捐助國。目前，在聯合國系統遍布世界的各種組織中，日本出的錢僅次於美國，達到百分之二十左右。人力的貢獻，雖仍有所限制，但聯合國裡大家都明白，只要條件允許，日本基本上是有求必應的。

然而，如此積極表現，日本在聯合國的地位，仍然不怎麼樣，基本上被視爲二流國家，爲什麼呢？

毫無疑問，就是它的「戰敗國」身分。

追求安理會常任理事國席位於是成爲日本政府外交政策上的最大目標，無非就是想從這種困境中脫身，這就是所謂的「正常化」。

近年來，日本在國際上追求「正常化」不遺餘力，在全世界做好事的目的，除了順便推動貿易之外，骨子裡還是爲了洗刷「戰敗國」的恥辱。可是，無論官方和民間多努力，有一個關節它就是不想碰，這就是胡錦濤針對日本要求出任安理會常任理事國一事提出的「歷史認識」問題。

從一九三一年在東北發動「九一八」事變開始，日本軍國主義者在亞洲進行的侵略戰爭，時間長達十四年，範圍除中國本土外，還包括韓國、菲律賓、印尼、整個東南亞和南亞次大陸。「大東亞聖戰」造成了人類歷史上最大的浩劫，死人以千萬計，財產破壞無法估算。皇軍所到之處，經濟崩潰，文明倒退，而其手段之殘忍，任何有一點人性尊嚴的人不能不爲之髮指。

皇軍罪行，罄竹難書，石原氏居然可以厚著臉皮說，這是爲了拯救受白人帝國主義欺負的亞洲人而發動的「不必道歉」的偉大事業！日本官方的最高代表，至今對東亞各國抗議不絕的參拜靖國神社一事置之不理。除了民間極少數有良心的知識分子，日本人對自己的歷史問題，從來不肯虛心檢討。

這種一味妄想蒙混的態度，有資格在最高的國際組織上扮演主導角色嗎！

台灣當前的執政團隊，在這個問題上選擇站在日本一邊，不僅自私，而且愚蠢。

台灣在國際上的處境，日趨困難，是不爭的事實。但是，急功近利、賣身投靠，絕不是解決之道。心躁氣浮以致於連傳統友人新加坡的好意規勸都破口大罵的做法，更是加速自己孤立的短視做法。

滿清末年的朝廷，爲了挽救自己的政權，也採用過「民粹救國」的手段。我不認爲當時的統治集團內部全都相信肉身足以擋洋槍洋砲，但「民粹」的效用的確可以鼓舞士氣於一時。到了民粹成風以致於不可阻擋的時候，理性的思維必然沉寂。然而，冰冷的歷史事實告訴我們，義和團的風潮，最後引來的是八國聯軍。

台灣在三、四十年代屬於日本統治的勢力範圍，先天背負了千絲萬縷的歷史因緣，台日關係因此不同於亞洲其他國家。然而，不幸的是，台灣在今天的地緣政治上，又處於亞洲各種政治力量此消彼長的漩渦中心，在處理對日，對美關係上，不能不眼光放遠，胸懷放大，步子走穩。在這一齣人類歷史上長期文明交戰的大戲裡，台灣的執政團隊，如不能從百年來不得不依附日、美的傳統思維中跳出來，冷靜地看一看亞洲的新局勢，它所帶領的兩千三百萬人的命運，危矣！

事實上，台灣的國際地位，遠不如唐山大兄眼中的「鼻屎小國」新加坡。今後，隨著中國大陸的「和平崛起」，國際上反台獨的聲音，必然此落彼起。請問外交部長，是不是也要學慈禧太后，向全世界宣戰呢？

末路台獨

兩岸近來的事態發展，表面看，彷彿外弛內張，獨統對立形勢，因《反分裂法》與反《反分裂法》遊行而陷入僵局。實質上，透過表象，不難感覺，峰迴路轉，柳暗花明的前景正在浮現。

正確解讀《反分裂法》的眞實意圖，不過是對台獨意識與國際干涉勢力的一種先發制人的遏制聲明，其中透露的消息，逼和遠大於求戰。至於反《反分裂法》的遊行，與其說是台灣主體意識的表現，不如視爲台獨意識的勉強表態。號稱百萬之眾，事實上只到了四分之一，而且大部分還是專車從南部運來，說明其號召力大大削弱。以柔性的嘉年華方式演出，更暴露了主其事者愼重考慮內外壓力而無法放手大幹的尷尬處境。

外在壓力可以從華府的言論中看出。對於《反分裂法》，萊斯只是「不悅」，並無「譴責」之意。尤有甚者，她要求兩岸都不要過分反應的說法，貌似一刀兩刃，眞正的矛頭其實指向台灣。來自美國的這種無形壓力，成為台獨基本教義派頭上的緊箍咒，扁、蓮、謝、蘇等頭面人物也不得不戴上手銬作業。

長遠來看，內在壓力可能更強大更持久。台商的權益和農民的要求只不過是眼前急待解決的具體問題。台灣以經貿立國，面對亞太地區整合進程中日益邊緣化的嚴重威脅，台灣整體經濟中涉及的所有製造與服務行業，以及依賴這些產業生活的千百萬人，遲早都得面對這個挑戰：不大膽西進就可能坐以待斃，要西進又得克服當前政治體制預設的重重關卡。

曾經是東亞四小龍之一的台灣，幾十年的蓬勃發展現在遇到了一個特大的瓶頸：充滿活力的經濟火車頭，碰上了一個目前看來已完全不合時宜的政治意識攔水壩，兩者之間的矛盾衝撞必不可免。江丙坤的緬懷之旅，親民黨和連戰已經確定的跨海峽之行，以及許文龍和施振榮等企業界重要人物的表態，不過是序幕，未來的動盪演變更難逆料。

這個阻擋歷史前進的攔水壩，簡單說，就是台獨意識，以及這種意識在文化、社會和政治各方面的形形色色的表現。

作為一種政治主張，台獨的內涵相當複雜，它可以算是一種「思想」，但又不完全是純粹的理性思維。總體看來，它是台灣悲情歷史經驗的產物，無法擺脫濃厚的感情色彩。

跟許多同一輩的、在台灣成長的知識青年一樣，我們很早便接觸到萌芽期的台獨思想。一九六六年出國前，通過朋友的介紹，讀到彭明敏先生祕密撰寫傳播的《台灣獨立自救宣言》。一九七一年初，又曾與朋友長途駕車，從北加州往南開了幾百英里，參加彭明敏先生的演講會。

剛到柏克萊那一陣，除了在圖書館裡如飢似渴地翻閱中國近代史上國共慘烈鬥爭的種種資料，有關台灣前途的各方討論，也是我努力搜求並試圖了解的對象。我的指導教授之一，史卡拉皮諾博士（Robert Scalapino），是當時有名的《康隆報告》的起草人。《康隆報告》等於是向美國國務院提出的對兩岸政策的最早建議書，其核心內容，與韓戰前後杜勒斯國務卿執行的圍堵政策比較，偏重於支持台灣成爲一個永久分離於大陸的新國家。這個一中一台政策，在一九七一年尼克森訪問北京以前的一段時期，相當於美國暗地實施的國策。台灣獨立運動的思潮，所以能夠在六、七十年代逐漸成長於海外，跟這種祕而不宣的和平分裂中國政策，有極爲密切的關係。

那個時代的海外台獨，以意識形態劃分，大致有兩派。傾向於民主主義的右派台獨，比較重視實際，在組織、宣傳和籌款工作上，做得相當紮實，這是他們終能利用台灣現實政治的變化，逐步在島內建立地位的原因。左派台獨走的是社會主義路線，理論的探討雖不遺餘力，但礙於自己所處的是美、日資本主義的環境，基本上不能有所作爲。

最近十幾年，在台灣的政治、社會和文化領域裡，不但取得發言權，且駸駸乎有代表主流民意趨勢的，基本上是右派台獨意識與台灣現成政治、經濟實力人物和團體利益溝通、相互結合的成果。

這個複雜意識形態與實際利益的勉強結合，在近日內外交征的連串打擊下，開始出現了裂痕。部分台獨精英的驚慌反應，只能以四個字形容——氣急敗壞。

誰都知道，做爲一個政治力量，大亂當前而氣急敗壞，是成不了大事的。氣急敗壞是色厲內荏的同義詞。內在的虛弱不斷暴露，利益同盟無法維持，則距窮途末路、眾叛親離亦不遠矣。

我一向認爲，台獨意識不能成爲台灣建國的有效理論，並終將在台灣歷史的演進中消失，理由有三：

第一，左派台獨雖從馬列經典中吸收了一些理論，但把這些理論硬套在台灣的歷史經驗和現實處境上，有圓鑿方枘之嫌。左派台獨連自己都無法說服：爲什麼「台灣革命」必須獨立於「中國革命」之外而自成一個單元？無產階級的解放，難道不是人類共同的事業？

第二，右派台獨的民族論過於牽強，他們的歷史觀也像淺碟子文化的產物，未免一廂情願、斷章取義，毫無說服力。革命建國的理想，必須有鼓動人流血犧牲的動員力量，右派台獨的建國論，彷彿只是在國際法庭上宣讀一些條文，在董事會上公布一些鼓勵投資的辦法，人們不免懷疑，大難臨頭時，你會不會先跑？

第三，兩派台獨還共有一個致命弱點，他們對台灣所處的國際地緣政治位置，基本上置之不理，彷彿只要自己努力，世界便會自動改變。這種盲目的樂觀主義，一方面說明右派台獨爲什麼始終必須依賴美、日爲後援，而左派台獨則在「蘇東波」變天之後，喪失了存在依據。另一方面，右派台獨雖僥倖成爲足以影響台灣政壇走向的一股潛在力量，但也正由於他們對國際地緣政治變化的無知或視而不睹，樂觀主義如今只能被困境取代。

二戰結束至今，亞洲太平洋地區的地緣政治變化基本上是從兩極對立走向四極分割與合作。

台獨意識誕生於美、蘇兩大集團在戰後亞太犬牙交錯的邊緣接觸區爭奪地盤的時代。台獨力量的成長，完全受益於這場慘烈的爭奪戰，所謂「民主」與「自由」，不過是依附美、日的副產品罷了。

九十年代以後，兩極對立的形勢產生了根本變化，未來的亞太廣大地區，勢必朝中、日、印、澳這四極又分割又合作的局面發展。隨著美、蘇兩大勢力的逐步退出，台灣的生命線，不能不重新調整。

在生命線重新調整的巨大工程中，台灣的經貿經驗不僅創造了財富，也累積了智慧。西進台商是台灣最敏感的族類，文化界和政界遠遠落後。台商從八九年天安門事件意外開拓的機遇中，大膽西進布局，完成了台灣生命線調整的第一期工程。

台灣的文化界目前還停留在自以爲優越的心理狀態。政界更是故步自封，目光所及，除了選舉，還是選舉。

尤其是台獨意識影響下的一批政客，抱「獨立」之殘，守「建國」之缺，沾沾自喜之餘，竟不知台灣的戰略地位早已因自己的阻攔誤導而逐年向下沉淪。

試問：就算是上帝賜予一個「台灣共和國」，喪失了國際競爭力的台灣，是否值得自豪？

做民調的人何妨問一問下一代：爲了生存，你願意像菲傭一樣，到沙烏地阿拉伯去打工賺錢嗎？

布希的勝利

美國大選的兩個禮拜以前，《紐約時報》時論版（op-ed page）的專欄作家湯瑪斯・弗列德曼（Thomas L. Friedman）寫了一篇文章，題目是〈獵虎〉。「虎」當然是個象徵，大概指美國人民在布希政權領導下目前面對的內外交困局面吧。

從「九一一」以來，作爲一個國家，美國從本質上起了變化。雙子星大樓被襲時的前紐約市長朱里安尼就說過：爲什麼支持布希？因爲他覺得柯瑞是「前九一一」的人物，不了解大敵當前的處境，根本無法信賴他。弗列德曼指出：

「我相信，今天，美國人的靈魂裡，有兩種不同的煎熬：第一種，外頭確實有敵人，第二種想法是：我們走錯了路。」

兩種不同的認知造成了美國內部的對立分化。跟電視播報選況的簡要地圖一樣，第一種認知形成了紅色的保守州（布希勝選），第二種認知成了自由派的藍色州。美利堅合眾國變成了紅藍兩個壁壘分明的陣營。兩種國民，在外交內政甚至於道德文化問題上，針鋒相對，難以妥協。

這個「虎」，怎麼「獵」？

弗列德曼說：「關於柯瑞，最大的問題是：他會扣扳機嗎？」

美國人無不相信布希有勇氣也有決心扣扳機，問題是：「他扣扳機會不會射自己的腳？該挨槍的是老虎，不是我們！」

二〇〇四年十一月二日深夜三時，我勉強自己睜開惺忪睡眼，想了解這個歷史時刻究將預示怎樣的未來。然而，幾個電視大聯播網，基於二〇〇〇年那次大選出過紕漏，都採取寧可落後也不犯錯的審慎方針，拒絕預測大選結果。

事實上，當時的全國選票統計，布希領先一百多萬票，選舉人票也只差臨門一腳（二七〇票為勝選關鍵）。所謂的「戰地州」（battle-ground states）佛羅里達已經是紅色，布希只要取得俄亥俄州（二〇張選舉人票），即鐵定當選。而布希在俄州開票已達百分之九十的情況下，領先十四萬票，形勢十分明顯。但柯瑞競選總部宣布，俄州的臨時票（provisional ballots，指選民證件不齊只能先投而留待以後計算的選票）和缺席票（absentee ballots，指旅居外地的選民郵寄投票），總計達二十五萬張以上。這些票可能為柯瑞扭轉選局。

雙方動員的律師以千計，全處於待命衝鋒狀態。而俄州選舉法規定，臨時票必須在正常票計算完畢十一天之後才開始計算（可能涉及認證程序）。難道四年前佛羅里達州那場歷時月餘的政治癱瘓災難又將重演？

實在熬不住，終於在滿腦子dejavu的幻覺下，放棄了。

相信像我這種雖極關心卻未能堅持到底的選舉觀察者爲數不少。

選前兩天，號稱脫口秀王的CNN賴利・金（Larry King）請來了六十年代CBS的頭號主播瓦特・克朗凱（Walter Cronkite）進行戰情分析。

賴利・金有名的招數是，問話簡要明白，婦孺皆知而又單刀直入：「你認爲誰會贏？」克朗凱也以精確果斷聞名於世，回答時卻支吾其詞，最後給了這麼一個答案：「如果到明年三月我們能有一位總統，就算幸運了，我認爲官司可能打不完……。」

第二天，查清了俄州臨時票不到十五萬張，柯瑞終於認輸，股市立刻上揚。

這次大選，選前局勢緊繃，傳媒界經常用dead heat（難解難分）和neck to neck（賽馬用語，指兩匹馬並排衝向終點）形容其競爭激烈狀態。選前不下五十次的民調，幾乎全在統計誤差範圍以內。克朗凱的預測，因此不難理解，雖然對今天五十歲以下的美國人，克朗凱早已沒有往日的魅力，尤其是十八歲到二十九歲這一年齡組的選民，可能根本不知道克朗凱其人。

「十八到二十九歲」在美國選舉的spinners（一稱spin artist或spin doctor，指針對選舉人言論或選舉事件提供詮釋以轉化公眾意見的專業政治分析人員）口中，索性稱爲「手機族」。這是今年民主黨大力動員的人口組，因爲據說他們的政治傾向是百分之五十五對四十五偏藍，大有利於追求改朝換代的柯瑞。

選前甚至有人預測，今年大選的關鍵就在於手機族。民主黨大力發動手機族熱愛的電台和電視台節目主持人催票。如果手機族傾巢而出，投票人總數可能上衝一億二千萬（目前結算約爲一億一千五百萬）。歷史經驗證明，投票率越高，對民主黨越有利。

選後統計大致算出來了。全美投票率高達百分之六十一（過去平均爲百分之四十九），手機族確實動員得不錯，幾達二千萬票，然而，柯瑞還是輸了，而且，落後布希達三百五十萬票。問題出在哪裡呢？

二〇〇〇年那一次，手機族占全體投票選民的百分之十七。今年還是百分之十七。手機族的投票人數增加了二，三百萬，黑人和其他少數族裔以及藍領階級這些傳統傾向民主黨的選民投票率都增加了，但自由派陣營還是給比下去了。誰把這批藍軍鐵票壓下去的？

這就得好好看一下布希競選團隊的整體策略。

布希在選後次日的勝選演說中提到了一個台灣讀者可能不太熟習的名字：卡爾．羅夫（Karl Rove），並稱他爲「競選設計師」（campaign architect）。這個人，是個關鍵人物。

羅夫從政前在商界混過，而且混得不惡，他的專長是行銷。羅夫最偉大的天賦是知人識貨，他彷彿有別人沒有的第六感，知道什麼人喜歡買什麼貨。在策劃布希連任工作的早期，他就看出來，今年大選的三個主要議題「反恐、伊拉克和經濟」之中，前兩項是布柯五五波，第三項則是布希痛腳。因此，抓住這三個議題做文章，恐怕難以擺脫捱打被動，只有開拓新戰場，才有勝算。

處於劣勢的軍隊必須出奇兵，羅夫從一般人認爲純屬民主黨自由派的社會、文化議題中找了三種貨品：同性婚姻、幹細胞研究和墮胎。

貨品找到了，問題是，叫誰來買？

羅夫找到了兩大買家，一個是基督教裡面的一大支，福音教派（Evangelist），一個是天主教裡面的保守派。

這兩組人的選民數目自然是美國選舉的特大票倉，問題是怎麼叫他們買下前述三種貨品？

天才就是天才。社會、文化性質的議題，經過精心設計改造，成了道德倫常議題。道德倫常議題，經過思想，文字和圖像的設計，轉化成代表共和黨保守主義的傳統家庭價值觀。三種舊貨重新包裝之後，福音教派和天主教派裡以百萬計的選民開始動員起來了。

同性婚姻問題變成了反上帝的問題。

幹細胞研究和墮胎問題變成了保衛「生命」的問題。

這是人的尊嚴底線何在的問題，是最根本的人之異於禽獸之辨，是任何有嚴肅宗教信仰的人不能忽視也不能不坐而言起而行的大是大非問題。

這是羅夫的天才發明，附帶把過去酗酒鬼混的小布希打扮成神聖的衛道精神領袖。

這就是布希最後勝利的祕訣。

有些評論家說：上次大選，布希沒有正當性，這一次他得到了Mandate。

Mandate這個字，似可譯爲「天命」。

布希的鴻圖

二〇〇四年十一月八日上午，我正在看CNN的伊拉克現場報導，十幾年音信俱無的老錢突然來了長途電話。語調依然激越高昂，跟保釣當年反日抗美批國府的老錢沒有兩樣，只是，或許是電話傳音不佳，或許不是，總之，他的聲音聽起來，不免蒼老了。

「美國不能住了，」他說：「這簡直就是南京大屠殺的翻版！」

他提到的「大屠殺」，即指美國軍方稱之為「神鬼之怒行動」（Operation Phantom Fury）的「法魯加掃蕩戰役」。

至少到現在為止，老錢聲討的「大屠殺」還沒有發生。是否一定會發生，雖難以預知，但根據歷史判斷，我認為可能性不高。

「屠城」是殘酷的鎮懾行為，是絕望的戰爭手段。美軍在伊拉克雖陷入游擊戰的困境，尚未到「絕望」階段。何況，今年四月，美軍曾攻入法魯加（Falluja），因傳說無辜平民死傷枕藉（未證實），激起伊拉克全國在穆斯林教主導下的大規模抗議而被動撤軍，這次掃蕩，不可能不謹慎從事。

此外，法魯加原有人口約二十五萬，戰前風聲鶴唳，能跑的都跑了，留下的平民人數，各方估計不一，有的說五萬，有的說十萬。而傳媒界認爲，美國視爲眼中釘並以「人質砍頭」威鎮世界的凱達伊拉克聖戰組織頭頭札卡威，早已溜出法魯加。

美軍因此完全沒有「屠城」的必要，其基本戰略目標，不過是殲滅或驅散留守的三、四千反抗軍，使其失去根據地，從而保證預定明年一月舉行的伊拉克大選得以順利舉行。

法魯加之所以成爲「戰略要地」，是因爲它不僅近在咫尺（距巴格達五十公里），而且與附近的拉馬迪（Ramadi）形成一個抵抗力量的走廊地帶，成爲伊戰完成占領十九個月之後以穆斯林遜尼少數派「起義」力量三角地帶的核心，嚴重威脅美國一手扶植的以阿拉維（Ayad Allawi）爲首的伊拉克臨時政府的威信。

遜尼派雖爲伊拉克穆斯林的少數，但在海珊統治時代掌握大權，因此成爲海珊倒台後的「起義」主力，復興黨員投入者甚眾。加上從外面潛入共赴「聖戰」的各地穆斯林激進分子，成爲布希解決伊拉克問題最頭痛的絆腳石，用布希自己的話說明：

「爲使伊拉克成爲一個自由國家，必須擊敗那些試圖阻止選舉和阻止自由社會出現的人。」

法魯加之戰，直接關係到伊拉克在美國心目中的中東戰略要地，未來將演化成日本？還是越南？老少布希的歷史定位，也繫於此戰成敗。糊塗政客或政治偉人？美國歷史上無前例的父子兩代先後三任的布希王朝，看來非搞到底不可了。

老錢憤怒的表態「美國不能住了」，反映的不僅是他個人的良心問題，也反映了這次大選中東西兩岸民主黨藍色區塊中的多數民意，甚至可以反映世界各地的輿論。大選揭曉後的次日，英國《鏡報》的頭版頭條觸目驚心：「五千九百多萬人怎麼可能這麼蠢？」

事實上，大選最後的統計結果顯示，布希不僅得票超前三百五十多萬，選舉人票也以二八七對二五二大幅領先，連一向爲民主黨重地的愛荷華州也倒戈相向。國會參眾兩院，共和黨優勢大增，尤其是舉足輕重的參院，共和黨淨增四席（五十五對四十四，獨立派一席），民主黨今後只能以阻撓手段（filibuster）杯葛（參院規定，擊敗阻撓手段的門檻爲六十票）。柯瑞所代表的民主黨和自由主義哲學的失敗，看來全面而徹底。布希聲言取得「天命」授權，看來不是子虛烏有。

老錢的「良心問題」，如果就這次大選的結果看，只能代表美國「中間往左」的民意，不幸是個少數。也就是說，大部分美國人的良心，並不這麼看問題。

「九一一」徹底改變了美國。這種變化的性質，不要說美國以外的人難以了解，住在美國的人，尤其是遠離心臟地帶的東西兩岸也無法捉摸。將近三千人無辜喪命，瞬間毀滅，直接和間接的經濟損失以百億美元計，全美國進入生命財產失去安全保障的戰爭狀態，這在美國歷史上，心理影響遠超過珍珠港事件。日本偷襲只涉及軍方，恐怖襲擊的後遺症，則是全體平民面對無從設防的敵人而隨時可以毀滅的人人自危。

這就是爲什麼柯瑞批判布希反恐與伊拉克問題處理不當雖振振有詞卻不免心勞力絀，而布希祭出「我是戰時總統」而無人能夠反駁的眞正原因。

美國的主流民意，回到了冒險犯難，蓽路藍縷的移民時代。

要一個一向自認爲自由開明派或左翼進步的知識分子接受目前的美國現實，的確非常困難。老錢的心情有相當大的代表性，我完全理解，我只能建議他讀幾本海明威和福克納的小說。

移民到達一個希望無窮卻危機四伏、未知數也深不可測的陌生環境之後，人的自衛和侵略本能必然高度緊張。海明威從外在行爲動作和語言剝露其靈魂，福克納則從內心精神狀態注釋人際的複雜混亂。二者合而爲一，成就的是美國主流社會移民價値的飽滿形象。

美國人今天踏入的就是恐怖主義威脅侵入本土之後演變出來的一個新環境，新世界。這個「新世界」，對照伊力卡山的電影，托克維爾（Alexis de Tocqueville）或博柏（Karl R. Popper）的社會政治理論，德弗札克（Antonin Dvorak）的音樂，完全不同了。

我無意說服或改變老錢的思想，也不想安慰他受傷的感情。這種思想或感情，能否有一天翻身，不是他一個人面對未來必須長期努力的課題，人類整體如果沒有足夠的智慧與能力，從目前已經形成的悲劇情境中跳越出來，上帝與眞主之戰，恐將成爲永恆的夢魘。

今後四年，看來布希是要大刀闊斧了。法魯加之戰，不過是發起衝鋒的號角。勝選確定之後，希希於十一月四日發表了重要講話，勾勒了未來執政的藍圖。除了在內政上提出社會安全體制，稅法，教育，司法等多項改革構想之外，並對這次大選全力支持的保守宗教勢力暗示了今後大法官遞補提名的傾向。

顯而易見，美國心臟地帶的移民社會價值觀，必然要通過這些措施的推動，從社會文化層面向法律，政治的長期結構中深入擴大，鞏固紮根。

國外部分，布希著墨不多，但提綱挈領，《紐約時報》社論稱之爲「雄心勃勃的政治和軍事目標」。用布希自己的語言說，叫做「傳播自由和民主，是打擊恐怖主義及其根源的最佳解決辦法。」如何演繹爲具體的政策和行動，是我們今後觀察的重點。

但萬變不離其宗，在當前離不開美國主宰世界和平（Pax Americana）的現實體制下，不容異己的緊張易怒移民性格，淋漓發揚的時刻，眼看就要到了。

牛仔王朝

布希總統的第二任就職典禮，無論從排場規模或預算開支上看，都是史無前例的。然而，從頭到尾，你感受不到普天同慶的味道。尤其在東西兩岸，布希的招牌——悲天憫人的保守主義（Compassionate Conservatism），彷彿只是痴人說夢。從草根到上層，就算不當作笑話看，也大抵成了大話或空話，沒什麼人當眞的。

可是，全世界最強大的官僚體系，正在發號施令，全人類最致命的戰爭機器，每天都在運作，忠實執行著將「普世自由價值」推廣到地球每個角落的神聖使命。

據說是已經一分爲二的美國，爲什麼如此安靜呢？

沒錯，就職典禮當天，確實有人示威，也有媒體報導。不過，示威人數如與六、七十年代相比，場面相當冷清，加上反恐時期神經緊張，保安大權無限上升，示威集會給限制在偏遠地點，抗議活動等於接受了消音處置，根本談不上任何社會效應。

不知道將來歷史會怎麼寫，至少，我這個在美國住了三、四十年的外國人，深深感覺，從八十年代初以雷根爲代表人物的保守主義革命，經過老布希的四年蕭規曹隨和小希希的四年發揚光大，現在已經根基鞏固，難以動搖，成爲一股不可抗禦的主宰力量了。

何況小布希還有四年，他在當選確定後已經公開表明：

「我現在有了些政治資本，可以運用一下了……。」

這些政治資本，應指助選成功積累的人情債，配上參眾兩院共和黨過半的優勢，預示著一個變本加厲的保守主義全面出擊的時代。從雷根開始，到四年後小布希下台，中經老布希的一任，這五任總統共二十年的政權，對美國以至於世界，已經並將繼續帶來什麼樣的影響？這個「牛仔王朝」，究竟是什麼性質？我們這些臣民，不論自願與否，總不能把頭埋進沙堆，永遠不聞不問吧！

五十年代的美國，只有保守主義，沒聽過所謂的保守主義「運動」，更別提激進保守主義或新保守主義一類名詞。那時候的保守主義，以美國東岸的既成體制爲代表。而體現其權益的共和黨，內政主張務實，外交政策則帶有國際主義色彩。艾森豪是這套體制的代言人，對外提倡並實施對共產主義的圍堵政策（注意，是圍堵，不是消滅），對內仍放任政府的適度擴張。那是一個彷彿四平八穩的時代，然而，地底的潛流，充滿不安。

從甘迺迪到強森到尼克森，保守主義還是一道潛流，基本上只表現在對事態發展的「反應」上面，無法構成「運動」。

五十年代的一些保守主義智庫，如美國企業研究所（American Enterprise Institute）、胡佛研究所（Hoover Institute）和芝加哥大學經濟系等，鼓吹的還是自由市場經濟那一套。保守主義沒有什麼新的思想內容。實際政治上，也處於邊緣地位。

一九五五年，威廉．巴克利（William Buckley）創辦《國家評論雜誌》（*National Review*）。這是保守主義思想界的一個重要的里程碑。

高華德（Barry Goldwater）是第一個打出保守主義旗號的政治人物。他寫了一本書：《一個保守主義者的良心》（*Conscience of a Conservative*），進入全國暢銷榜。但他的競選活動不很成功。台灣把他的名字敬譯為「高華德」，可見那時的台灣，是把他當成救星的。

眞正把保守主義帶向「運動」層次的人物，是好萊塢影星出身的雷根。

一九八〇年的那場選舉，雷根不僅征服了南部和西部，並且打進了傳統上屬於民主黨地盤的藍領階級，在五十州裡贏得了四十四州。四年之後，民主黨人蒙德爾（Walter Mondale）慘敗，雷根以接近百分之六十的優勢高票當選連任，幾乎掃蕩了每一個重要的選區。六十年代以甘迺迪兄弟為代表的自由主義遭到重創，保守主義成為美國精神的新方向。這個「奇蹟」是怎麼造成的？

今天回顧，不免看到歷史的反諷。

六、七十年代的激進理想主義，意外削弱了比較溫和現實的自由主義思潮，打擊了民主黨的政治影響力，同時造成普遍的社會脫序現象。法律與秩序幾乎崩潰，傳統價值觀全面失衡。尤其是民主黨政府極力推動的「平權行動」（Affirmative Action），在白人中產階級內部引起了劇烈反彈，加上卡特主政時期，美國在國際上的一些作爲嚴重失誤，威信掃地，號召愛國主義的雷根遂脫穎而出。

小布希一向自認爲雷根的繼承人，然而，他們的想法和做法，其實有明顯的差距。

首先，在對待基督教右派的態度上，雷根基本上只把他們當作外在的支持勢力，布希則視爲心腹。在有關婦女人工流產權利和同性婚姻等問題上，布希幾乎完全跟著走。可以這麼說：道德掛帥在雷根時代，不過是經常掛在口頭的政治藝術，到了布希，居然升格爲一種天命。

其次，兩人對「政府」的態度，雖同屬保守主義，路子也不一樣。

雷根政府中吸收了不少海耶克（F. A. Hayek）的信仰者，因此，減稅政策的實施，美國所得稅收入最高的階層，從百分之七十降到百分之二十八，幾乎因此推翻民主黨的累進稅率政策。理論上，爲的是削弱政府管制，解放民間企業創造財富。布希雖然也號召「還政於民」，但他的政府中，多的是史特勞斯學派（德國哲學家Leo Strauss）的信徒，主張運用政府的權力實現道德目標。布希提出「精力集中而充沛的政府」，他甚至贊揚強森總統早已破產的

「大社會」計劃。

這些差距自然與兩人所處時代的政治氣候不同有一定的關係。雷根時代，美國的民主黨選民登記比共和黨多出百分之十七，他不得不極力爭取部分偏右的民主黨人，即所謂的「雷根民主黨人」。今天的美國，兩黨選民勢力均衡，因此，穩守自己地盤成爲布希的主要選擇。

但我們不能不看到，布希「順天應人」的結果，形成了一種「重原則、輕結盟」的霸道政治風格。

反恐大業最能具體表現這種政治風格。

爲了應付國際恐怖主義分子對美國國家安全造成的威脅，布希在國內不惜得罪民主黨和自由派，國際上甚至繞過聯合國，連傳統聯盟的西歐各國也一概置之不顧。這在雷根時代是不可想像的。

雷根當年就已因聲討「罪惡軸心國家」而贏得了「牛仔」的稱號。布希現在甚至將假想敵從「軸心國家」擴大爲「罪惡帝國」。這位美國有史以來特大號的牛仔，在位四年，發動了兩次國際戰爭，並將國債赤字擴大到四、五千億美元，而他的替天行道大事業才剛剛起步。按照他的藍圖——整個中東轉化爲西方民主制的中東，全世界各國人民都要享受普遍的自由——牛仔王朝至少還要有十代接班人才有可能完成任務。

可能嗎？

泥足深陷

小布希的征伊之戰陷入僵局，土地占領了，「暴君」不見了，戰前預言的民主骨牌效應不但沒有出現，遠征軍反而掉進了游擊戰爭的汪洋大海，每天死的雖然只有兩、三個人，心理上的威脅卻無法估計。「正義之師」出兵一年後，美國選民開始提出了嚴肅的問題：什麼地方搞錯了？

記得一年多前，正式開戰前夕，我寫過一篇〈戰和兩難〉，文末也提出過一個問題：「小布希如今只有一個選擇，他必須以速戰速決的方式來處理人類歷史中上千年無法解決的『老大難』問題。請問：他是不是也跟海珊一樣，樂觀而冒險？」

看來，不幸而言中。

究竟錯在哪裡？我覺得不妨從大小不同的角度來看。

先看大的。布希團隊從一開始便誤判了全世界的輿論反應，尤其對法、德、俄三國的反對意見，基本上認爲是從實際利益出發，完全看不見老牌帝國主義的政治智慧，最終導致國際上反恐聯合戰線的分裂，不僅把聯合國拋在一邊，連第一次波灣戰爭的同盟都無法建立起來。

如果我們把「徹底解決中東問題」當作這次戰爭的長遠目標（這是控制了白宮戰略思想的所謂新保守主義者（Neo-conservatives）自己提出的主張），則以消滅海珊政權，防止大規模毀滅武器落入恐怖份子之手爲名發動的「先發制人」戰爭，只能說在戰術層面速戰速決取得了表面勝利。在總體戰略意義上，其實犯了孤軍深入，外援斷絕的兵家大忌。

其次，白宮團隊腦中的戰爭模式，幾乎一廂情願地以第二次世界大戰解決德、日、義軸心國的戰鬥力量後順利實行占領並成功改造當地政權的經驗爲範本。難怪他們一早就迫不及待地宣傳著暴君倒台、民眾以鮮花牛奶夾道歡迎的場面。後來的事實證明，這種場面不是完全沒有，但蜜月期極爲短暫。就在海珊銅像被群眾打倒在馬路上身首異處成了洩憤玩具的時刻，巴格達的所有政府機構大樓，除石油部受到美軍嚴密保護以外，全都被暴民搶劫一空。

阿拉伯世界如今流傳的說法是：布希打海珊，目的只是搶石油。證諸巴格達占領後美軍只管石油卻連保存了人類最古老文物的博物館都置之不理的作法，阿拉伯世界的流行說法怎麼可能不深入人心？不同文明和異教之間的戰爭，早已不是西方學院裡危言聳聽的理論，上千年的歷史加上二戰後中東永遠解不開的冤冤相報糾葛，這麼複雜的問題，能夠速戰速決嗎？

下面再談細一點。

據報導，伊拉克境內的美國占領軍，如今平均每天遭受二、三十次暴力襲擊，死亡者已超過實際戰爭的死亡人數。國際紅十字會和聯合國機構都已撤出全部國際工作人員。美國國內的反戰示威開始重新出現，布希的民調支持率不斷下降，直接威脅到明年大選的連任……。

此外，大規模毀滅武器至今蹤影全無。外交上雖然讓步，德、法、俄爲首的潛在反恐盟友，依然不肯承擔戰後重建的實質責任。這一切的發展，徹底暴露了布希的志大才疏和白宮團隊的輕敵冒進。

《紐約時報雜誌》作者大衛・瑞夫（David Rieff）在作戰結束後兩次深入伊拉克境內調查，並在伊拉克和美國兩邊分別訪問了幾十個相關人物，揭露了一些以前不爲人知的眞相，値得我們了解，我摘要介紹一下：

●美國的作戰計劃從一開始就有嚴重的缺失。實際戰鬥部分的計劃詳實而周密，不但調查研究，而且多次模擬實驗，美軍所以能在極短時間內完成全部戰鬥任務，不僅因爲海珊指揮錯誤，主要還是準備充分。然而，戰鬥結束後的計劃卻不只是個別漏洞的問題，幾乎可以說完全沒有計劃，或倉促擬訂，草草上馬。

●造成這種荒唐局面的原因很複雜，首先，布希本人的哲學是不搞「建國」（Nation Building）的，這原是他的競選主張。其次，布希內閣發生了嚴重分裂。以鮑爾為首的國務院早在二〇〇二年春就任命資深官員湯瑪斯・沃里克（Thomas Warrick）主持一個「伊拉克未來計劃」（Future of Iraq Project），針對基礎設施重建、伊拉克如何實行民主政制、臨時司法執法系統和振興經濟等重大問題，廣泛收集情報和資料，詳細制訂計劃和步驟。沃里克羅致了國務院和中央情報局的第一流中東專家，組織各種專業小組，每個小組負責伊拉克戰後重建的一個方面。

這個「計劃」，被鷹派主控的國防部完全棄而不用。

●戰後重建新伊拉克需要一個具有民主思想的親西方伊拉克頭面人物。新保守主義者選中的人叫做艾哈馬德・查拉比（Ahmad Chalabi）。此人是數學家兼銀行家出身，屬於在俗什葉派，從一九五〇年代末期便流亡國外，根本與本國失去聯繫。為什麼倚重這樣一個對伊拉克各派與絕大多數伊拉克人完全陌生的人來撐如此重要的場面？原來從一九九〇年代初開始，查拉比便成為雷根政府助理國防部長理查・珀爾（Richard Perle）的親密戰友。珀爾是主戰派新保守集團的核心份子之一。這個集團的權力可大了，包括：副總統錢尼、國防部長倫斯斐和副國防部長保羅・伍夫維茲（Paul Wolfowitz）等。

查拉比主張與以色列謀和，抵制伊朗並希望伊拉克成為沙烏地阿拉伯的民主榜樣……。

一句話，查拉比的想法完全符合新保守派所構想的中東和平夢——用後海珊時代的伊拉克作爲整個中東民主化的發射台。查拉比所代表的伊拉克流亡組織「伊拉克國民大會」，按照新保守派的如意算盤，等於是個流亡政府的雛形，戰事結束，空投進去，伊拉克由暴政走向民主的過渡便立刻開始了。

開戰第一週，美軍便把查拉比和他組織的五百名伊拉克自由軍戰士空投到伊拉克南部。這支自由軍，在美國將領心目中，就是未來的伊拉克新國防部隊的核心。然而，出乎意料，伊拉克人民對這支自由軍毫無反應。在這場戰爭中，自由軍什麼都幹不出來，結果還得勞動美國人在打下巴格達後把他們運進去。

●戰後重建中，美國又犯了一個嚴重錯誤，五月十五日，布希新派任的行政長官布雷默（Paul Bremer）在白宮決策下執行了一個命令：全面解散四十萬伊拉克原部隊，並清除復興黨黨員五萬人。這個決定造成了災害，伊拉克家庭平均六人，開除四十五萬人等於製造了兩百七十萬沒有收入的游民，相當於伊拉克人口的百分之十一點七。

更何況，這些人當中，大多數都曾效忠海珊，而且是搞政治、玩槍桿的內行。

瑞夫的觀點也許接近自由派，但就是從頭到尾無條件支持「布希聖戰」的右派專欄作家威廉・薩費爾（William Safire）也只能叫嚷：退不得呀，這一退就把巴格達變成「恐怖主義的武器庫」和「核彈、生物武器和導彈的進出口中心」了。

這個邏輯，一年前瘋狂叫戰的時候，好像已經聽過了。

輯二

人間事

對不起，我是中國人

我經常單槍匹馬上公共高爾夫球場打球。公共球場有條不明文規定，發球員有權將零星上場的人配成一個四人組，爲的是節省時間、增加收入。當然，這樣一來，也增加了大家交往和互相學習的機會。

我活動的這一帶，東亞裔人口中，華人最多，韓國人最少。可是高爾夫球人口中，恰巧相反，韓國人口幾乎家家上場、人人打球，華人則鳳毛麟角。於是，我經常碰到這樣的場面：

發球員將我分配到一組三個或兩個人的黃面孔當中。高球是紳士淑女遊戲，彼此以禮相待，黃種人也都入境隨俗，發球前，彼此自我介紹，握手，並相互問候。十次有九次，對方會說一堆韓國話（偶爾也碰到講日語的）。瞠目結舌之餘，我只好說：

「對不起，我是中國人！」

十次有八次，對方會說：

「中國人？我以為你們只喜歡馬殺雞或賭博！」

不免惱怒，卻不能形之於色，鐵一般的事實不容否認。只要看一看所有流著中國人血液的人居住的地方，報紙上必有大篇幅的補腎、壯陽祕方廣告。只要官方不捕不禁，彩券必然風靡，麻將一定氾濫。

我這個「對不起」，因此不只是指出對方錯誤的禮貌說法，我眞為中國人的丟人現眼感到抱歉。

記得璩美鳳光碟案那段日子，我聽到的私底下的評論，很少涉及法律、道德，最熱烈的是男主角的「時間」。有人拿著馬錶追蹤記錄，證明扣除所有無關的閒動作之後，只有十一分鐘，因此略感安慰。

「對不起，我是中國人。」

老實說，這句話，有時確實難以啓口。

近幾年來，更難了。因為還有其他理由。

我曾寫過一系列的散文，或多或少或直或曲地圍繞著一個主題——我的「中國情結」。

集結成書的過程中，碰到了一個不大不小的難題。

我決定書名就取「我的中國」。只要審查一下內容，就可以明顯感受到「情結」意味。這絕不是一本歌頌愛國主義的書。我是中國人，天經地義，無從否認也無需否認，人不能抽去自己歷史與文化的傳承，人不能活在眞空裡。然而，正因爲這樣的歷史與文化，才產生情結。別忘了，中國人不等於中華民國人，也不等於中華人民共和國人。

可是，出版社的年輕女編輯來了長途電話。

「我們開過編輯會議，」她委婉而決斷地表示，「大家都覺得這個書名不太合適！」

我有點意外。

「書名確實沒什麼特別，但符合內容，取書名不必驚世駭俗嘛！」

我會錯意了。以爲她們嫌書名太普通。

對方好像不好意思指出我的錯誤，無論如何，我是作者，而且，年紀也是她們的父執輩上下吧。

終於說出了原委。

「『中國』這兩個字不太好，現在大家都不敢碰，當書名恐怕會影響銷路呢！」

原來如此。只是，從什麼時候開始，「中國」兩個字居然變成了票房毒藥？

還有一次。

紐約一帶的華人團體「對日索賠會」，爲了紀念「九一八事變」，借林肯中心愛麗絲・塔莉廳舉辦一場音樂會。事前，主辦人要我寫一篇文章，說明這個活動的意義，我就寫了〈爲什麼紀念九一八？〉事後，不少朋友建議，這篇短文應該寄往台北發表，恰好台北某大報副刊主編電話約稿，我便寄了過去。

約一個月之後，收到了一封來信，其中有這樣的句子：「這篇文章寫得雖好，但發表後可能對你不好，爲先生名譽計，決定不發，請原諒……。」

「九一八」居然成爲台灣媒體的新禁忌，我感到十分震撼。

這還是幾年前的空氣。今天的台灣，「我是中國人」這句話，即使加上「對不起」三個字，恐怕都不敢說了吧！

然而，如果要否定自己是中國人，才能保持名譽，這是一種什麼勾當呢？如果某個社會，爲一種必須改變身分認同的高壓氣氛所籠罩，這是什麼樣的社會呢？

今天的台灣，當然，還沒有黑襪黨，沒有蓋世太保，也沒有集中營。

不過，許多事情都是一步一步演變的。二〇年代的德國，到希特勒的德國，過渡期不超過十年。兩個德國都自稱「民主」。

想起了狄西嘉（Vittorio De Sica，一九〇二～一九九四）晚年的傑作《芬西—康丁尼斯家的花園》（*The Garden of the Fenzi-Continis*，一九七〇年奧斯卡最佳外語片）。當喬吉亞與蜜蔻兒仍陷入愛欲不分的苦戀情節時，墨索里尼的鐵腕開始收緊。以紅土網球和精裝圖書爲象徵的芬西—康丁尼斯家花園古宅的憩靜幽雅世界，一夕之間化爲烏有，取代的是被吆喝驅趕的無助人群，火車裝運的人體和無法擺脫的「身分」（猶太人）。大師到了爐火純青的年紀，運鏡之穩，掌握之準，讓人覺得這部電影的眞正主角其實是時間，世間任何事物皆無可能與之抗拒。狄西嘉拍攝的是一個「變」字，但這個「變」是在彷彿可以永恆的「不變」中，步步轉化、一點點釋放出來的。

生活在台灣的人，如今面臨著「我是中國人」不敢出口的空氣，看來不能以「選戰期間的暫時現象」輕輕解套。有些東西開始要變，有些東西正在變化，有些東西已經一變不能回頭。

「五二〇」那天，我對著電腦寬頻轉播的就職場面發了一陣呆。當選人如果不是少了一撇小鬍子，那種肢體語言，聲嘶力竭的吶喊，幾乎讓人以爲御用電影師蘭妮．萊芬斯達（Leni Reifenstahl）奉旨拍攝的納粹經典片《意志的勝利》所表現的冰冷理性世界，已經在台灣出現。

雖然出了點冷汗，事後也就釋然。仔細一想，少一撇小鬍子的那名人物，其實是因爲講稿事先必須派專人祕密飛美送審，而內容的實質不過是向四面八方討好。因此，發表時的整個姿態，恐怕是出於內心空洞而不得不以虛張聲勢的手法試圖掩蓋罷了。

我因此明白，台灣目前那種逼人改變身分的空氣，無非是色厲內荏者的奪權固權手段。幾乎不需要實證就可以推論，一旦外在形勢改變，這批口口聲聲「愛台灣」「去中國」把世界地圖橫過來讀的人物，必然也是爭先恐後發言表態的一批。

我想，我可以等到那一天，當「愛台灣」三字不再保證升官發財保官保財的那一天，聽一聽他們親口對兩千三百萬人說：

「對不起，我是中國人！」

那時候，愛台灣的權利，當然更輪不我們了。

故事說不完

我相信，說故事和聽故事，是人性中根深蒂固的要求。說故事是爲了把零亂而無意義的世界組織起來，聽故事則爲了明白這個世界。從這個角度看，人類的文明發展史，不過是無數故事發明傳承的過程。

現代新聞傳播事業，也應屬這一過程的某個部份。

二〇〇五年三月九號晚上，三大電視聯播網之一的CBS晚間新聞主播丹拉瑟（Dan Rather）向觀眾告別。他說了二十四年的故事，雖然收視率一直位於三大台之末，他對這個世界的影響，仍然不可忽視。一般公認，他的風格，有點特別。從甘迺迪被刺案（一九六三年）開始嶄露頭角，到一九八一年接任主播，在長達四、五十年的職業生涯裡，他始終執著於「記者」的身分，他是一個能夠讓訪問調查對象坐立不安的人，尤其是位高權重的對象。

下台一鞠躬之前，丹拉瑟先向「九一一」罹難者、南亞海嘯受害人、美國士兵和所有深入險境採訪的新聞從業人員，分別表達了哀悼和敬意，最後，他送給每位觀眾一個字——courage（當然，中文譯出來是兩個字：勇氣）。

說故事和聽故事，難道不是一種休閒活動？人類自茹毛飲血、穴居野處以來不是早就習慣了的，爲什麼需要勇氣呢？著實讓人有點迷糊。丹拉瑟先生究竟想傳達什麼訊息？

一九八一年以前，全美國最受人敬重的新聞工作者名叫瓦特．克朗凱（Walter Cronkite），也就是丹拉瑟的前任。從一九六二到一九八一年，克朗凱擔任CBS晚間新聞主播的那個時代，三大聯播網的晚間新聞節目收視率高達百分之七十二。收視這個節目，幾乎成爲每個人每天生活中不可或缺的課題。

一九六六年秋，我初抵柏克萊，住在一位廣東台山華僑辦理的學生寄宿屋（boarding house）裡。這座宿舍一共三層樓，寄居學生三、四十人，卻只有一台電視，擺在一樓的共用起居間。每天到了晚間新聞時間，大家不約而同聚集在起居間裡聽克朗凱開講。

那個時代，克朗凱受信任的程度之高，美國總統都無法相比。他說的話，對絕大部份美國人而言，簡直就像聖經中出現的耶穌基督——我就是眞理、道路、生命。

有一種無形的社會壓力，讓每個人覺得，聽克朗凱說新聞故事，是非同小可的人生義務。

窮學生如我，爲了換取宿食，在廚房打工。雖然晚間新聞正是宿舍開飯前後，台山老闆卻不能阻擋我偷空出來聽故事。

那是一個童眞未泯的時代，講故事和聽故事的人之間，有一種相互依賴的默契。媒體是不帶色彩的，它只有中介作用，完全沒有自利企圖。它是純粹的公共服務，不要求被服務的對象爲知識付出代價。

CNN和網路出現後，世界起了變化。聯播網晚間新聞的收視率，從百分之七十二逐年下降，如今只剩百分之三十。

此外，忠實聽眾的年齡結構，也逐年變化。年輕一代的觀眾，不但走向網路，連口味都在調整，反正到處隨時可以找到資訊，一些夜間搞笑的談話節目，竟然也能取代乏味的、正經八百的新聞來源。

據調查，目前晚間新聞的聽眾，以五十歲以上的人爲主。這個趨勢，隨著老人老習慣的逐漸消失，恐難回頭。

三大聯播網之外，又蹦出來一個福斯（FOX）。這名後起之秀，由於配合了近年來美國主流意識形態保守化的右傾潮，打開了CBS、ABC和NBC三大聯播網壟斷多年的局面，割去了一塊地盤。

正是因爲有意識形態主導，觀眾注意到，福斯的新聞傳播方法，著意於新聞故事的編導，尤其在詮釋和引導方面，遠超過傳統三大台的客觀標準。福斯的成功，加上前述種種變化，迫使三大台的晚間新聞播報方式，不得不走上作秀化的道路。

丹拉瑟下台的前兩天，CNN訪問了克朗凱。訪談中，克朗凱毫不隱瞞他對自己接班人的不滿。

「我覺得CBS許多人和部份觀眾覺得，丹拉瑟不只是向觀眾播報新聞，他扮演某種角色，他有一種『個性』……。」

對丹拉瑟不滿的，豈只是老派的謙謙君子如克朗凱；美國的右翼群眾，早就把他視為眼中釘。甚至有人認為，丹拉瑟是聯合國的密探，共產黨的同路人。必須說明，美國的極右派，一向認為聯合國是專為摧毀美國本土價值而努力的國際大陰謀。

丹拉瑟今年雖已七十三歲，但精力旺盛不減當年，一九八一年上台前後，傳言對他的前任克朗凱，有「逼宮」之嫌。這些傳言，誰也無法證實，克朗凱自己也否認，但由此可以佐證，丹拉瑟也許是崛起於水門事件前後，不畏權威，勇於調查眞相的那種新聞記者。

調查報導（investigative reporting）原為美國新聞界的重要傳統之一，不幸的是，丹拉瑟所以比他預定的時間提早一年下台，正是由於「調查報導」出了個大紕漏。

去年大選期間，由於對「獨家」新聞的狂熱，搶先播出了有關布希國民兵服役的「作弊」紀錄，引起軒然大波。後經獨立委員會查證，發現CBS引為「證據」的文件，原屬偽造。

這一不幸事件，固然是丹拉瑟個人的悲劇，同時也突出了新聞傳播界競爭白熱化的現狀。

八十年代以來，不要說電視新聞，連平面媒體也不能不「革命」求變。《紐約時報》講故事的方式，不再以幾個W（how, when, where, why）爲金科玉律，更加重視的是情節安排、氣氛渲染和戲劇轉折。一句話，新聞故事引人入勝，必須小說化。《今日美國報》（*USA Today*）走出了另外一條路。這是唯一一家以全美國爲讀者對象的大報，搶占的市場以旅行人口爲主。因此，報紙的編排方針，強調彩色圖片（搶眼）和統計圖表（搶腦）。文字內容則力求精簡，突出重點（搶時間），以配合經常旅行的經理階層的需要。

其它地方性報紙則多走聳動聽聞的路線，迎合廣大市民群眾的趣味。

總之，平面媒體面對市場的激烈爭奪，早就開始作秀化了。

統領風騷數十年的大聯播網晚間新聞節目，不可能再享有克朗凱那個時代的觀眾信賴，在日益失寵的世界裡，它們也必須作秀。

八十年代以後的新聞，不再是消息、知識和眞相的權威來源。八十年代以後的新聞，與啤酒、汽車、玩具、化妝品和奶罩一樣，成了消費商品。

丹拉瑟是比較固執也比較天眞的一位，他始終把自己看成不怕艱險，深入虎穴的戰地記者。因此，他即使從主播台上走下來，還是不肯放棄記者的身分，要求CBS讓他繼續在《六十分鐘》(CBS的新聞故事節目)裡，做一名調查員。

也許，我們可以這樣理解，他的臨別贈言，其實可以視爲自悼的輓聯。「勇氣」一辭，不過是對早已過去的那個時代表達的一種鄉愁罷了。

從北京的中南海到華盛頓的白宮，以致於全世界各地大大小小的權勢集團，誰不明白：媒體必須作秀，自己該做的，不過是繼續控制並提供有利於自己的故事材料罷了。的確，故事是說不完的，但也可能變味。

生死不由人

六十年代存在主義流行那一陣子，有一個典型的話題，年輕人經常掛在嘴邊，幾乎被當成新發現的眞理。這個浪漫的命題大致如下：

我們來到這個世界
並非出於自願；
離開這個世界也不能自由選擇。
人生的本質既然如此荒謬；
存在的意義便只能由處於生死
兩端之間的人自己創造。

六十年代是所謂的「嬰兒潮」世代開始登上舞台的時代。戰後大批出生而今風華正茂，在這種哲學的武裝之下，他們敢於對一切司空見慣的政治、社會和文化制度展開挑戰。

有人認爲，跟以前的世代相比，嬰兒潮一代最突出的性格特徵，表現在他們掌握自己命運的強烈要求上面。

此外，由於當時的現實，唯物主義世界觀尚未受到嚴酷的考驗，密爾斯（C.Wright Mills）和馬庫塞（Herbert Marcuse）的學說遂能大行其道，造成了嬰兒潮一代人既執著於現實又脫離現實的矛盾作風。

這個歷史背景，是我們理解當前牽動美國人神經的夏沃生死案的關鍵。因爲，嬰兒潮世代，如今垂垂老矣，面前擺著的，正是生死大關。當然，這個案件還牽扯到許多複雜的問題，也因爲這個緣故，觀察此案的發展，成爲給當代美國把脈的機會。

二○○五年三月二十日夜半時分，旅行中的我，恰好必須在亞特蘭大機場換機。在將近兩小時的等候裡，我的注意力，跟候機室裡的每個人一樣，全都緊盯著CNN的現場轉播。禮拜天的晚上，執政的共和黨，全國上下動員，把回鄉渡復活節假期的國會議員們儘可能追回來，力求達到法定人數。回到德州牧場休假的布希總統，打破了從不放棄假期的慣例，凌晨四時專機趕返白宮，爭分奪秒，及時簽署了國會非常會議通過的一項特別法案。

處理這一案件的緊急程度，相當於繫一國安危的戰爭授權。然而，特別法案明確規定，它所適用的範圍，僅及於佛羅里達州一名植物人的生死。更精確點說，法案實際效力所涉，其實是這名植物人不生不死狀態的延續與否。

十五年前，年齡不到三十歲的泰莉・夏沃（Terri Schiavo），由於缺鉀引發心臟病，腦部嚴重損傷，不久便進入神經科醫生稱之爲「持續性的植物狀態」（persistent vegetative state）。據腦神經專家判斷，這種「持續性的植物狀態」，比「昏迷」（coma）還要絕望。以今天的醫藥水平而言，從無甦醒實例，也絕無恢復神智的可能。

然而，靠一條從肚臍眼穿入胃部的「食管」（feeding tube），泰莉維持著某種勉強稱之爲「生命」的跡象。她偶而可以眨一下眼皮，嘴角彷彿也有些「笑意」。泰莉的父母，於二〇〇一年八月拍攝了錄影帶，作爲泰莉對母親撫愛動作的「反應」證據。我在亞特蘭大機場的電視幕上，也看到這段影帶的放映，但專家們卻認爲，這種「反應」其實是不由大腦控制的「反射動作」，很難作爲病人仍有「意識」的證明。

總之，泰莉成爲植物人七年之後，她的丈夫麥可・夏沃（Michael Schiavo）向佛州法院遞狀，聲明其妻生前曾表達過「尊嚴死亡」的願望（這個觀念來自希臘文euthanasia，意思是「以尊嚴的方式結束生命」），要求法院授權，拔除維持其妻生命跡象的食管。

但是，問題來了。

泰莉和她的父母，全家信奉羅馬天主教。教宗約翰・保羅二世有一個堅定的信念：天主教徒絕對沒有拒絕食物和水的權利。

拔除食管，對泰莉的父母而言，不僅是個感情問題，更是違反教規的嚴重道德問題。

此外還有法律問題。

關於「自殺」定義以外的「預先決定終結生命」的辦法，美國有兩套文件處理。一套叫做「生死抉擇遺囑」（living will），另一套叫做「醫療授權書」（power of attorney for health care）。前者規定由兩名醫生共同決定，在當事人陷入永久昏迷或末期疾病痛苦不堪時適用。後者則授權一名代理人，在當事人無法做醫療決定時適用。兩種法律文書都有現成的格式，任何年滿十八歲的心智健全者都可以簽訂，只要經過兩名成年人見證或經過公證程序，即可生效。

全美國五十個州之中，只有俄勒岡州通過了有關安樂死的法令。然而，死生亦大焉，俄州通過該法至今已有七年，七年之內延用此法結束自己生不如死狀態者，一共只有二〇八人。絕大多數末期病人，在尊嚴早死與痛苦拖死之間，寧願選擇後者。

泰莉既非俄州居民，病發前又未簽立上述文書，拔管一事便成爲殺人行爲，任何人，包括不忍見其妻長期折磨而毫無希望的邁可，和理性判斷死勝於生的醫護人員，都無法自作主張，家務事因此提升到州法管轄的範疇。

事件發展到這一層次，還是不難理解。如今擴大成爲全國性的政治問題，才叫人吃驚。

近年來，美國保守主義思潮之中，醞釀了一套號稱「生命文化運動」（life culture movement）的內容。推動這一運動的大本營，以南方和內陸地區膨脹不已的基督教保守主義右派爲主。所謂「生命文化」，首當其衝的便是女性選擇人工流產的權利，其次，胚胎幹細胞的醫學研究，也是「支持生命主張者」（pro-life advocate）的鬥爭領域。而「泰莉生死案」的出現，更成爲此派人馬號召群眾，動員政治力量的絕佳機會。

泰莉案在佛州法院一共打了七年官司，一路打到州最高法院，直到上星期終審判決，醫生奉命執行，兩天前拔除了食管。據報導，泰莉可能在一至二星期後，正式結束這種痛苦不堪又毫無希望的不生不死狀態。

就因爲還有一、二星期的空檔，醜惡的政治插手了。

一年半之後，是國會參眾兩院的改選，三年半之後，是總統大選。有「遠見」的政客們，能不抓住這個機會，向日益壯大幾乎成爲右派票倉的保守主義基督教福音派力求表現？

在「保衛生命」的莊嚴號角聲中，這個原本是單純家務事的「泰莉案」，從法律層次逐步躍升，掀起了全國性的道德大辯論，更進一步，變成了爭奪未來全國執政權的工具。

這場悲歡大戲的後面，還隱藏著毛骨悚然的一點反諷：六十年代嬰兒潮之中管領風騷的精英們，力求掌握自己命運的那套哲學，在「生命派」大軍的橫衝直闖下，面對一個植物人的起碼自決權，居然萬馬齊闇，彷彿連自己的立場在哪裡，都不甚了了。

迎風招展的大旗上，如今似乎已無「人」影，只剩下「神」的名字！

權力枕邊人

宋美齡辭世，各方議論紛紛，但有一個核心問題，似乎沒什麼人注意，我想就此談一談。

問題可以這麼提：女性進入高層權力圈和如何運用權力的方式，相對於傳統社會的現代化轉型，究竟起過什麼樣的作用？

聽起來像學術論文，但我無意寫這種文章，所以，我就從近現代歷史中找出幾個典型，略加比較，探一探社會演進的消息。

所謂「傳統社會」，當然可以有許多不同的定義，在這篇文章裡，主要指男性壟斷社會資源獨享大權的家長式統治。在這種社會制度中，女性的角色定位，基本上囿限於家庭，最大的活動範圍也不過及於宗族，不大可能伸張到全社會，更別提國家的權力中心。

近現代歷史中，衝破這種人爲籓籬的，首先想到的是慈禧太后。對，慈禧是個突破傳統規範的女人。

慈禧以「枕邊人」的身分進入權力中心，但她的活動方式仍跳不出宗法社會的結構，只能在這種社會制度能夠容忍的極限內，以宗族長老的名義，輔助並製造幼主，操縱其他的權力代辦人，通過「垂簾聽政」來運用權力。

東西兩方的歷史中，其實都有過這種「篡」權的變例，甚至還出現過從幕後走向台前公開亮相的女性掌權人（如武則天）。慈禧的不同，在於她所處的時代，她面臨了授予她權力的那個社會制度被迫轉型的危機。

面臨這種危機，我們都知道，慈禧所持的是維護舊制度的保守立場。權力抓在手上，全部用於對抗變法維新，她是「舊道德」的楷模，「新文化」的死敵。

即便是今日最急進的婦運人物，也不可能引以爲傲。

同樣是以「枕邊人」方式走進權力中心的人物，還可以談江青、宋美齡和羅斯福夫人。這三位「名」女人，也一樣面臨過社會現代化的轉型危機，但表現各有不同。

江青面臨的是毛澤東極爲畏懼且深惡痛絕的所謂「走資派還在走」的時代。

江青與毛澤東結婚前，中共黨內高層曾經嚴肅討論，主要擔心的就是「外戚干政」的風險。可以說，當時的中共最高領導圈，對江青的權力欲望，是深具戒心的，所以批准這件婚事附加了一個條款——江青不得問政。

因此，雖然以「枕邊人」的身分進入了權力中心，江青有二十多年的潛伏時間，毫無政治上的影響力。江青突破權力封鎖，是因為中國社會在一九六〇年代面臨了關鍵轉型的壓力。五十年代的大躍進，三年災荒，中蘇共之間的分裂加上西方國家的政治圍堵與經濟封鎖，把毛澤東倡導的「自力更生」式發展模式逼進了死胡同，毛為此作了檢討，承擔了責任，被迫退居第二線，大權落入以劉、鄧為首的務實派手中。

一九六六年前後爆發的「史無前例」的文化大革命，實質上就是毛澤東的奪權反撲。退居第二線的毛，既失去了槍桿子的指揮調動能力，又沒有黨政官僚機器的支持，只能拿出他的游擊戰老辦法，以階級鬥爭為名，發動千百萬學生上街，用處理敵我矛盾的方式來解決黨內的不同意見。

千百萬紅衛兵全國串連打砸搶，機關、學校、工廠、農村掀起了造反派的全面奪權，中共革命成功辛苦建立的國家機器因而整個癱瘓，即將發生的社會轉型胎死腹中。

江青的「枕邊人」角色變成了「親密戰友」，她在歷史上扮演的其實與慈禧一樣，表面上的激進革命造反，骨子裡卻是保守固舊，力圖阻止現代化的社會轉型。

宋美齡在歷史上扮演的角色，如果僅以中國現代化的社會轉型這一標準來衡量，相對於慈禧與江青，的確複雜得多，但由於她的家世出身、社會聯繫、知識教養與思想傾向，她在推動歷史前進方面，顯然有一定的局限性。

宋美齡也是以「枕邊人」身分進入權力中心的。但她與蔣的結合，一開始就是政治婚姻，而且是雙方平等的政治婚姻。宋美齡帶給這個婚姻的是蔣介石當時求之不得的強大政治資本和豐富社會資源。

蔣宋結婚的一九二七年前後，中國也有嚴重的社會轉型危機。

蔣介石當時面對的國內外形勢相當嚴峻。第一次世界大戰雖已結束，日本對華擴張的步調並未放緩。西歐列強雖忙於戰後重建，但一戰空檔期間中國民族工商業一度飛快發展的契機已經過去，列強在華的經濟和政治勢力雖有所縮手，但並未放棄。國際上，中國還是一個四分五裂新舊軍閥割據的爛攤子，貧窮、落後、野蠻而愚昧，跟西方人今日看待非洲的情況不相上下。

不妨以最理想最善意的方式來推測，蔣介石當時的選擇大概是先以武力征服形成一個統一的國家形式，再按照孫中山的構想，以溫和土地改革和空想的《實業計劃》等手段來實現中國的現代化。

然而，北伐軍雖然打下了武漢、南京、上海，趕走了長江流域以南的割據軍閥，整個華北、西北和東北，仍然屬於不同派系的軍人集團。國民黨內部，發生左派與右派的分裂，蔣介石在南京成立政府，汪精衛等掌握的黨，成立了武漢政府。更讓蔣介石寢食難安的是，國共第一次聯合的大革命，眞正推動社會革命的領導力量，逐漸爲中共所掌握。

蔣介石的作法上要有三點：第一，與長江以北的各路軍事集團談條件，以互不侵犯換取易幟，承認彼此的勢力範圍，建構一個名義上的統一國家；第二，化解黨內左右派之間的矛盾，以分贓方式結束寧漢分裂；第三，全力壓制並消滅共產黨的力量，這就是惡名昭彰的一九二七年四月十二日（史稱四一二政變）發動的大逮捕大屠殺。

必須明白，蔣介石在採取上述三大政策的同時，他不能不解決錢的問題。

宋美齡帶來的政治資本，主要兩個方面：第一，有利於成就蔣介石作爲孫中山接班人的名分，因爲宋慶齡就是孫中山的未亡人；第二，宋家與孔家（宋靄齡嫁給了孔祥熙）在中國當時的財政金融界，有舉足輕重的影響力。

中共史家一向把蔣宋聯姻視爲「新軍閥與江浙財團的結合」，不是完全沒有道理的。

宋美齡所以能以「枕邊人」的身分發揮重要影響，幾乎改變了蔣介石的建國思想，在武人掌權與權謀制衡政治之外，預留並開拓美式經濟發展的空間，實與她的家世、教養與她代表的財經實力密切相關。

當然，不能不看到她的局限性。她所受的教育，即在美國，也是遠離社會大眾的貴族教育，她給中國人帶來的美國，是極端保守的精英主義美國；同樣，她給美國人帶去的中國，也不是現實。

中國現代化的過程中，有過多次重大的社會轉型，介入其中的社會力量，多元而繁複。

宋美齡一生的活躍年代，曾經是助力，也一度是阻力。

最後提一提羅斯福夫人艾琳諾。據說，在一次白宮餐會上，艾琳諾曾問宋美齡：「如果煤礦工人罷工，中國的政府怎麼處理？」宋美齡沒有作聲，只以手指甲在頸部橫劃一刀作爲回答。艾琳諾回憶說：「她可以漂亮地談論民主，眞正的民主生活，她是不知道的。」

艾琳諾也是以「枕邊人」身分進入權力中心。她的做法便遠遠超越她的時代。

只舉一個實例。

今天普世尊重的《世界人權宣言》，就是她於一九四八年十二月代表美國政府出席聯合國人權委員會討論表決後制定的。如果要推選「世界人權之母」，她應該當之無愧，因爲這項歷史性的文獻，從胎動到完成，幾乎就是她的腦產兒。

像男人的女人

凱薩琳・赫本過世了，她這一生多彩多姿，除婚姻外，事業、愛情各方面都有了不起的成就，死時家人圍繞，睡在自己晚年辛苦經營的園林之中，享壽九十六歲，可以說毫無遺憾了。她自己生前就曾說過：

「我對死沒有畏懼，那一定很奇妙，就像大睡一覺。不過，面對現實的話，真正算數的，是怎麼活！」

這九十六年的生命，沒有幾個女人活得如此有聲有色。何止女人，又有幾個男人，活得像她。她是個稜角分明的女人，臉型、身材和個性，無一不是稜角分明。她是男人眼中的女人，女人眼中的男人。在她自己眼中，她就是她。全世界公認，她是一位絕不含糊的（no-nonsense）女性。

這樣的典型，今世當代，卻鳳毛麟角，日趨式微了，為什麼呢？

世界在變，時代風氣在變，女人不必像個男人，一樣可以闖蕩江湖，縱橫情場。人生的價值，潛移默化；社會的標準，日新月異；傳統的禁忌，煙消雲散。

赫本是在這一切變遷尚未發生或剛要啓動的那個時代打天下的女人。

美國人把那種男孩子氣的女孩叫做tomboy。赫本小時候就是個tomboy。有一次，她把長髮剪了，並給自己取了個男孩的名字吉米（Jimmy）。「我覺得做女孩眞糗！」她對訪問者這樣介紹自己的童年。這話今天聽來沒什麼大不了，即使童年便宣布出櫃，也沒什麼大不了。在她那個時代，在她生長的那個環境，卻是驚世駭俗的造反行動。

她的父親是康州大城哈特佛（Hartford）的名外科醫生，更因致力於消滅性病而名聞遐邇。母親主張婦女參政和提倡計劃生育，也是有頭有臉的人物。這是個新英格蘭地區的高尚人家，培養「淑女」的人家。

她又是一個把長褲穿成了時尚潮流的女人。

穿長褲在二、三十年代的美國，是很不「淑女」的。一九九三年公映的電視自傳上，赫本說：「我早就覺得穿裙子受不了。有時聽男仕說比較喜歡穿裙子的女人，我就會說：你何不試試，穿一條裙子看看！」

一九八六年，爲了表示感謝她把長褲穿成了潮流，美國服裝設計師協會給她頒發「終生成就獎」。

她一生拍了五十三部電影，舞台劇無數，但她從來不喜歡在好萊塢混。她創造的那種敢愛、敢恨又不失其幽默感的特立獨行女性，是好萊塢文化的異數。她曾獲奧斯卡提名十二次，得獎四次，然而，那種衣香鬢影、珠光寶氣的星光熠熠頒獎典禮晚會，她一向拒絕出席。

我提到的這些，都只能算是表象。真正的赫本精神，是在男性主控的社會裡，尤其是在男性習慣於把女性當作花瓶和搖錢樹的好萊塢，憑自己的本事，按自己的理想和性格，把事業完全掌控在手中的超時代表現。

三、四十年代的好萊塢，是大電影製片公司嚴密控制大小演員的時代，演員得跟公司簽約才有飯吃。在這種制度（即所謂的studio system）下，演員的命運，聽憑大老闆擺布，很少有人膽敢突破，何況是女人。

一九三八年，她拒絕雷電華（R.K.O.）公司給她挑的劇本，花錢「贖身」，解除了合同，開始自己闖。

一九四〇年，劇作家菲利浦．巴瑞（Philip Barry）以赫本爲模特兒，寫成了《費城故事》（The Philadephia Story）。她當時的男朋友霍華．休斯（Howard Hughes，德州大亨）給她買下了版權。她要求米高梅公司中代表「梅」字的三巨頭之一的路易士．梅耶（Louis B. Mayer）拍攝這部電影，但有一個條件，她自己要演女主角Tracy Lord，並要求史本塞．屈西和克拉克・蓋博分任男主角。兩位男星無法參加，後改由加利・格蘭和詹姆斯・史都華演出，導演則由當年發掘她的喬治・庫克（George Cukor）擔任。電影上市，大爲轟動，從此以後，赫本把命運抓在自己手中，劇本由她挑，搭配的演員和執筒的導演由她決定。

一九四二年，她又拿了一個劇本去找梅耶，而且又要求史本塞屈西出演，這一次，她成功了。不但電影成功，史本塞・屈西從此成爲她一生的伴侶，直到他一九六七年《誰來晚餐》（*Guess Who's Coming to Dinner*）殺青十七天之後逝世。

兩人第一次合作的那部電影是《年度風雲女性》（*Woman of the Year*），此後一共合作過九部電影。《紐約時報》老影評人文生・坎比（Vincent Canby）說：「兩個人之間的相互配合如此美麗，他們的關係似乎從沒有誰勝誰敗的問題，卻是一種知心了解，並相互承認彼此的疆界……。」

他們一輩子沒有正式結婚。

史本塞・屈西的妻子路易絲據說有精神病，他不願拋棄她。赫本也從不公開談論她和史本塞・屈西的關係，直到路易絲一九八三年過世之後。

像男人的女人，處理複雜微妙的男女感情時，看來是有道德承擔的。她後來常說：屈西就像馬鈴薯燉肉——道地、實在，我呢？我有點兒花巧，是不是？我就像一道法國甜點，但我多希望自己是一道馬鈴薯燉肉。

再沒有這樣希望自己像條漢子的女人了。

這個時代，可能也不怎麼需要。

多少代的女權運動家，逐漸開拓了一個競爭場域日益公平的世界。今天的課題，跟赫本打天下的時代多麼不同，那時候的她，如果沒有家世的蔭庇，沒有她本人的天生美貌，沒有她從小長大得天獨厚的特殊教養，根本不可能有任何機會。今天的課題，已逐漸從實際的社會、經濟、政治層面，導向文化、習俗和心理層面。用聯合國婦女會議的術語說，今天的核心課題是針對性別歧視的「知覺」（awareness），和工作場域的「賦權」（empowerment）。

這兩種課題，再也不需要女性採取「像男人」的手段來實現。當然，還是有些女權運動者，至今改不了「像男人」的習慣，可能是時代錯覺吧。

像男人的女人，歸根結蒂，是兩性平等歷史進程中的特殊現象。今後，也許應該說：進步的女性，不必一定是像男人的女人，而應該是保持了女人獨特個性的跟男人一樣的人。

這恐怕才是無論男人與女人都希望看到的新世界。

赫本的死，對她本人，固然了無遺憾。當我們翻過她象徵的這一頁歷史時，何妨思前想後，越過當前依然存在的一些藩籬，探索一下人類的未來遠景。

沈登恩與《浮游群落》

跟沈登恩先生幾乎可以說是素昧平生，所以他今年五月二十日病逝的消息，沒有接到任何通知，也不足爲奇。寄居海外，國內消息不太靈通，一直到張恆豪和應鳳凰兩位先生發信給我，才知道他們要爲他出一本紀念集，並要我寫點東西，這已是六、七十年代有出版界「小巨人」之稱的沈登恩過世三、四個月以後的事了。

按理說，我是沒有資格也不必寫紀念文章的。然而，仔細想想，雖然跟沈登恩只有兩面之緣，這兩面之緣的後面，確實涵藏著不少東西，如果整理出來，不但有助於我們了解二、三十年前作爲出版界草莽英雄的沈登恩這個人，對於今天的文化界，通過這段因緣體會當年的文化出版環境，肯定也有些提示作用，是納涼者對種樹人應有的尊敬吧。

我們的結緣主要因爲我那本自覺不甚成熟卻又有所偏愛的長篇小說《浮游群落》。

先談談《浮游群落》的創作背景吧。

專研台灣文學並將《浮游群落》譯成日文出版（日本研文出版社，一九九一年）的岡崎郁子教授曾經指出，《浮游群落》是她看到的唯一一本寫台灣六十年代政治生態的小說。此說如果屬實，我個人實在難以感到自豪。因爲，六十年代的台灣，是台灣歷史上重要的轉型階段。如此關鍵的轉折期，卻只有這麼單薄的反省，作爲知識界一分子的自己，只能感到慚愧。

六、七十年代的台灣，是威權體制與反體制力量開始出現較量的萌芽時代，當然，兩方力量的對壘，不成比例。舊勢力頑強穩固地掌握著包括軍、政、經、警察、法院與特務系統的全部國家機器，甚至連輿論媒體都變成了這個龐大統治機器的一部分。新生力量只能在文化和藝術的邊緣地帶喘息活動，對當時的社會，最多只能引起些微的側目而視的小小騷動。小說題目《浮游群落》對此有一定的暗示，人物和事件也是按照這個基本觀察安排的。

創作時心目中的讀者對象，是當時比我年輕十幾歲的大、中學生。我的略微流於煽情的文字，也可能受到心理上的這一要求的影響。

不過，更讓我感到慚愧難安的是，在我這麼些年來陸續出版的十幾二十本書當中，這是唯一一本可以稱之爲「暢銷書」的作品。從寫成至今，《浮游群落》曾由海內外三個雜誌（香港的《七十年代》、紐約的《新土》和台北的《亞洲人》）連載，並先後由香港的臻善和台北的遠景、遠流（三三書坊）和皇冠出版發行，其中尤以遠景的出版最具突破意義。而遠景出版這本書，時在一九八五年七月，離戒嚴時期的正式結束還有兩年四個多月。遠景老闆沈登恩先生當年出版這本書，是冒著受壓迫與坐牢的危險的。

我早就聽說過，沈登恩是位學徒出身很講江湖義氣的人，但我在認識他之前，完全不了解，他在文化事業上，不畏強權，敢作敢當之外，還表現了不俯從權威的另類認知。

八十年代初，康寧祥先生辦了一個黨外文化雜誌《亞洲人》，我相信沈登恩是在那本雜誌上看到了《浮游群落》的連載，才決定要出版的。一九八五年的春天，我忽然收到他的一封來信，表示要不畏風險將這本具有明確反威權體制和揭露白色恐怖內容的書，送到青年文藝愛好者的面前。

我當時完全不知道沈登恩是何許人，後經打聽，得到的信息也頗有爭議，但我覺得既然他有勇氣出版，我便沒有理由拒絕，只通知他：兩個要求，第一，著作者必須用本人的名字，不用假名；第二，文字內容不能有任何刪節改動。

一九八五年七月，《浮游群落》第一次在台灣出版，聽說台灣有些大學的學生之間，有人曾祕密組織討論會，所以，第一次在台北見到沈，我還笑著問他：「有沒有什麼麻煩？」

那天，我記得是在敦化南路某高樓的一家相當豪華的餐廳，在座的還有其他文化界人士，沈登恩旁若無人地說：「怕什麼麻煩？我當面教訓他們：這本書就是要教你們怎麼愛國，你們應該買來看看！」

他口中的「他們」，我沒仔細問，但推測是警備總部。

一九九〇年夏，跟沈登恩第二次見面，也是因爲《浮游群落》。這一次，由我請客，場面可趕不上以前的豪華，就在新生南路一家小咖啡館，在座的還有「三三書坊」負責人朱天文。

朱天文是我多年的老朋友，她說「三三書坊」要跟遠流出版社合作，將《浮游群落》再出版一次。我掐指一算，已經過了五年合約期，便爽快答應了。沒想到書出後發現一個問題，而且是可能讓朱天文和我涉及侵權官司的嚴重問題。

原來我沒有仔細研讀沈登恩與我所簽的出版合同，其中有一條「但書」，規定合同期滿後如彼此未以書面通知對方，則合同自動延期五年。因此，根據這條規定，我沒有以書面通知沈登恩便授權朱天文出版，沈登恩完全可以將我告上法庭。除了賠償，他還可以將「三三書坊」的書，全部予以封存或沒收。

在台灣早期的出版界裡，沈登恩是所謂「大起大落」的傳奇性人物。一九九〇年已經到了他的「大落」期。常識判斷，處在困境的生意人，一旦抓到可以敲一筆的機會，是不可能放過的。

我給他寫了一封信，除了道歉之外，還請他簽一份放棄權利的聲明。

在新生南路那家設備簡單的咖啡館裡，我記得特別清楚，沈登恩一開始便說：「別的書還可以商量，《浮游群落》是不能放棄的……。」

我知道他是個很講究吃的人，但我只點了一些咖啡和點心。

我記得那天天氣十分燠熱，沈登恩的穿著顯得有點寒磣，跟五年前敦化南路大餐館內頤指氣使的大老闆派頭不可同日而語了。

先後大概談了一個小時，其中有不少時間是彼此都很尷尬的冷場，朱天文更是坐立不安。在放棄權利聲明上簽字蓋章的沈登恩的手指，是他留給我的最後印象。

六、七十年代已經一去不回，那個時代，對我而言，如今早已失去了憤怒、焦慮和鬱悶，只留下一些零碎片斷的回憶，其中偶有溫暖——像那天簽字的沈登恩微微顫抖的蒼白手指。

秋紅故人來

畫家韓湘寧從香格里拉歸來，聽說不久又要回去，剛好是北美大地秋葉轉紅的季節，遂請老妻辛苦一天，特意製作了四道小菜，一疊春餅，並邀集若干好友，趁此已涼天氣未涼時候，共聚一日。

韓湘寧是老同學，讀師大附中那段時期，學校的體育課按體能分組，就身材言，我們都是「大器晚成」一類，遂被分入丁組，即個頭兒最矮小的一組。所以，雖未同班，卻早已相熟。

六十年代中期，我參與了《劇場》和《文學季刊》的文學活動，湘寧則為「五月畫會」和「現代版畫會」的重要成員，也常有往來。那個時代的台北文藝新銳人數不多，是個名符其實的小圈圈，思潮相互激盪，行動彼此支援。我書房的一面牆上，掛著湘寧的一幅版畫，綠灰色的《布魯克林大橋》，是我以若干份如今已成古董的《現代文學》雜誌換來的。這幾份老雜誌的封面都是湘寧的設計，但多年流離在外，他自己那幾份早已遺失，有次在我家看到了，要了去作個紀念。這幅版畫，便是他投桃報李的贈品。

近年來，湘寧的人生遭際，經歷不少波折，畫風丕變。原來是台灣前衛派中衝鋒陷陣的大將，在紐約的前二十年，仍然以攝影寫實方法突擊後現代的感觸。不過，葉落歸根似乎是人性中最難解釋的現象之一。我記得「六四」時，大夥還在他的「統樓」（loft）上開過幾次會。爲了支援大陸民主運動並抗議北京屠城的海外華人組織「中國人團結會」，就是在蘇荷區的韓湘寧畫室裡成立的。不久以後，便看到他用獨創的畫法，開始摹寫元、明的水墨山水名作。

當然，所謂「摹寫」並非傳統的鈎臨，而完全是一種後現代的再創造。他的做法是先用攝影，把原作製成幻燈片，打在畫布上，再用他「只此一家」的毛毛蟲筆法，把原畫的每一個細節重現出來。

我曾在好友沈明琨家看到過湘寧的近作。這幅畫的尺寸之大，一般家居根本無法展出。沈家有一面粉牆，是拆掉了一層樓後創造的空間，配這幅畫，勉強夠用。站在遠處，彷彿范寬的《谿山行旅圖》，眞景重現。近前觀察，則是成千上萬似不相連的墨點墨條，像顯微鏡下的無數阿米巴，在彷彿有互動效果的平面上，製造著多維的空間。近處遠處反覆調整距離多次省視之後，畫家的創意——解構之後又重構的那個仿傳統又超越傳統的意境，終於完整傳達給觀者。

湘寧這幾年常跑黃山，有時一年跑三、四次，不同季節不同角度的黃山，大抵了然於胸。兩、三年前，忽然下大決心，把紐約的三十年做個了斷，剃光了頭髮，搬到雲南大理去定居。

洱海一帶的大理和麗江，如今在國際旅遊界，已經名聞遐邇，號稱香格里拉，吸引了大批西方世界年輕一代的波希米亞族前往朝聖。湘寧在大理買了房子，開闢了畫室，結交了新朋友，差不多成了家，卻未能樂不思蜀。

我說過，人性中的葉落歸根現象最是神祕難測，畫家的「根」裡，似乎淘汰不了紐約，每年還是要找機會回來一趟。

恰好是北美洲的賞楓季，這次回「家」，不能不帶他走走。

關於秋葉，亞熱帶的台灣讀者可能難以了解。

全世界的闊葉喬木和灌木，到了秋天，都要落葉，這是人人都明白的。但爲什麼北美和東亞的落葉顏色與世界其他地方不同，卻很難解釋。有些科學家認爲，這是因爲地球上這兩個地區秋天氣溫降落的速度和步調不同所造成。這個解釋，也許有科學上的驗證，對我而言，說服力不強。

我寧願相信北美原住民的神話。

天堂裡的獵人在秋季到來時射殺了「巨熊」，熊血灑落大地森林，部分樹葉染紅了。獵人煮食「巨熊」時，熊的脂肪從天堂掉下來，部分樹葉染黃了。

也許，熊血熊脂灑落之處，也包括東亞，而歐洲、澳洲、非洲和中南美洲都避開了熊血熊脂的沾染，但他們的秋天，卻遜色而無味了。

樹葉變色，也有科學的解釋，大抵與葉綠素製造碳水化合物（主要是糖和澱粉）的機能有關。秋季一到，光照時間縮短，氣溫降低，葉綠素逐漸解體，葉子裡的綠色慢慢消失，黃色素和紅色素遂日益顯露出來，一樹而紅黃雜陳，往往是近陽者赤、背陽者黃。

在我住的這一帶，黃葉最可觀者有：白楊、白樺、山核桃、白梣、黑橡、條紋楓，美國榆、山毛櫸、鵝掌楸、柳和山冬青等。紅葉則以銀楓、山楓、糖楓、山茱萸、楓香木、白橡、紅橡、毒漆、黃樟等爲主，而尤以日本五爪楓爲上上選。秋高氣爽之日，陽光斜射，五爪楓（正式名稱爲槭）葉血紅透亮，樹姿美者，眞可以讓人立地成佛。當然，日本楓不是本土之物，但近年來在城郊住家、公園大量推廣。最妙的是，此間一些大規模的墓園，有專人常年管理，四、五十年前種下的五爪楓，如今皆成了神物。

客人到時，天光所餘不多，無法作竟日遊，遂領他們到不遠處一偏僻山道散步。該地無車馬喧，溪石山巒草原深谷遠近羅列，而樹高林深，葉色變化無窮，兩、三小時的漫遊，足以洗盡胸中塊壘。湘寧手持最新型的數位相機，變換使用各類鏡頭，大有斬獲，不禁歎道：

「北美洲大自然之美，眞是別處找不到的……。」

「那就回來吧！」同行的張北海趁機說服。

這幾年，紐約的台灣小文化圈，因圈內人的年紀增長和周遭的時代氛圍變化，老成凋謝而新秀不繼，不免風流雲散。北海兄一向有紐約孟嘗君的美譽，他那個位置適中、精心設計的兩層統樓，二十多年來，早就是台灣、香港和大陸一批批文化藝術界人士到紐約必拜的碼頭，彷佛英雄好漢上梁山水泊聚義之前不能不過的旱地忽律朱貴酒店。

湘寧說：「此地雖好，終非我鄉，你們該到大理來，看看那邊的雲……。」

那天晚上，我們看了湘寧自拍自剪的DVD《大理一年》。洱海的水，雪山的冰川和大理上空的雲，幾乎就是「香格里拉」的實物見證。尤其是那邊的白雲，彷彿來自太古，或卷或散，或濃或淡，皆純淨無瑕，沒有一絲污染。

老妻的四道小菜出自東北老家祖傳，木須肉、酸菜粉絲、韭菜炒蛋和銀芽肉末，以手製春餅包裹，配以紅酒，口感甚佳。

然而，終究還是異鄉的秋天，我想未必與年齡有關，一種無法排遣的什麼，堵在內裡，一夜歡聚，竟無一人醉倒。

臨行前，湘寧從口袋裡掏出一疊斑爛如紅霞的楓葉說：「帶回去，讓那邊的人看看！」燈火燭照的紅葉，暴露了蟲蝕的殘缺，莫非是海外遊魂的永恆象徵？

素寫洪荒

前些時，收齊近一年來發表的五十幾篇半隨筆半議論的文字，算一算，字數不少，是厚厚一本書的樣子了。

可是，隨筆的內容，篇篇不同，題材互異，簡直像個五花八門毫無條理的大拚盤。出一本書，不能不考慮書中篇章的精神連貫性，我因此在出與不出之間，陷入了長考。

有天晚上，重讀書稿，翻到去歲苦寒時寫下的那篇〈冬之物語〉，忽有所感。記得當時定這個篇名時，曾有過一番斟酌。

文章起意於近年來練習書法的一些感悟。看了一批討論書法的著作，其中包括古人和今人。今人的門派尤其複雜，受日本書道理論影響的台灣書法老師，受馬克思唯物史觀影響的大陸學者，和西方藝術薰陶後的旅外文化人，都有。從最基本的執筆姿勢到各派書法藝術的詮釋，眞可以說是百花齊放，各說各的話，卻教我這個老來入門的學生莫知所從。

還是老同學莊因一句話點醒。他是我同輩朋友中書法造詣最深的，目前仍在史丹福大學開書法課，看到我滿臉狐疑，他說：「這麼大年紀了，隨興之所至吧！」

「興之所至」的確如棒喝如偈語如冷水澆頭。醒來的第一個問題是：寫字究竟爲了什麼？想成爲書法家嗎？

自知才力不夠，而且起步太晚。

想藉此修身養性以成就某種人格嗎？

答案也是否定的。「人格」這個東西，有點虛無飄渺，往往是行事爲人給別人留下的印象總和，其中必然夾雜主觀價值判斷和無法避免的誤讀。靠寫字來鍛鍊人格無異於緣木而求魚。松雪道人的字，我看雅致俊美，卻有人斷定爲標準貳臣書法。甚至有人認爲，他的捺筆，暴露了他人格上的缺陷。

所以，寫字對於我，終究只是生活情趣的一格：不求有成，但做我喜歡做的事，如此而已。

然而，行之有年，卻漸漸出來一種品味，這是沒有長期親身經驗不可能獲得的。這個品味，或稱之爲格調，當然也跟自己活到這一把年紀終於活出來一種煙火氣隨風飄散遇事不驚不喜的乏味狀態有關。

這就是〈冬之物語〉。

「物語」原爲日文，我覺得比「演義」和「故事」另有滋味，有點庶民生活家常的風貌。所謂「冬」，自然不只是季節。不過，你要是懂一點唯物辯証法，便應知道，死生相依，解體的冬，即是萌芽的春。

想通了這一層，立刻覺得，手上這五十幾篇看似毫無關聯的文章，忽然統一了。書名也就定爲〈冬之物語〉。

決定後，立即給紐約同溫層的畫家楊識宏撥電話。

兩年多以前，我曾將第一次結集出書的《紐約眼》送給識宏、瑞容夫婦。兩人看過後都說喜歡。

一年多以前，第二次結集出版《空望》前，我將〈自序〉給識宏看，他忽然靈機一動說：多年前在中國大西北拍過的一張照片，就是《空望》自序所說的那種味道。那張照片，後來就成爲《空望》的封面。

所以，我這次打電話，心中奢望的，就不止是他的攝影作品，我想要他的畫了。

然而，識宏是紐約的知名畫家，我能貿然開口提出這種要求嗎？

這就要談一談另一種因緣。

近十年來，定居紐約心念台灣眼望中國又能開放胸懷以涵納全世界的人，在我交往的朋友圈子裡，走的走，散的散，漸漸瀕臨滅絕了。

曾經有過一段時間，或可稱之爲「亂世」的歲月，竟然有不少具有某一種第六感的動物，似乎預感了「滅種」的莫名壓迫，紛紛從台灣出走。又不約而同，選擇紐約落腳。

這些人當中，有畫畫的，有寫詩寫小說寫文章的，也有不畫不寫但脈膊終究以異於常人的方式跳動著的，都在這個非美國的大都會裡，找到了暫時的歸宿。

這批人，理所當然，在無人管束的域外，結成了一定程度的「同溫層」。

然而，肉身無法解脫，自由並非永恆，時間殺手處理一切，同溫層遂成回憶。

記得有一次，一年多以前吧，張北海兄在陳憲中、羅蘇菲夫婦家的晚會中，複印分發了他寫的一篇文章，相當詳細地追述了近三十年來，以蘇荷區台灣畫家爲主的人事變遷。畫家之外，文章還談到《新土》雜誌及其參與人物的滄桑。

這些都成了追憶與惘然之間的素材了。

在威臨一切的時間大網裡，我還有幸維持著幾條線，與識宏的友誼，即其中之一。

識宏的畫，創作生涯很長，光在紐約一地就達四分之一世紀。他的畫，許多已被公私行家收藏，我自然未窺全豹。我看到的原畫主要是九十年代以後的作品，而且我相信只是其中一小部份。但就這一小部份，已足以讓我目爲之眩神爲之搖。

我對繪畫藝術沒有什麼研究，我的觀察，僅憑直覺。

以素描入畫者，我只知道馬蒂斯和楊識宏。馬蒂斯的原畫，在紐約、華盛頓、巴黎和聖彼德堡都看過一些，不是不喜歡，但總覺裝飾意味較重，也許在繪畫史上有特別的意義，我不了解，但裝飾趣味所引起的美感經驗，彷彿與動人心魄之間，隔著一點什麼。

楊識宏的畫作，素描已經不是素描，特別是當這些線條和筆觸融入了彷彿太古蒙昧的色彩之中，畫布或紙張上出現的具體生命符號，一段枝葉、半具骨骸，模糊的面具或變化中的種子⋯⋯，死中有生，生中有死。凝視良久，震憾無言中，有如大自然的莊嚴寶相直面相視。

若干年前，識宏在紐約州鄉下買了一套農莊改造的畫室，室內氣度恢宏，戶外視野開擴，距我所住的地方不遠，我常開車北上造訪，在附近鄉野閒逛，還一道打過幾次高爾夫球。除了高爾夫、書法、植物、園藝、電影、文學等共同興趣之外，我們的話題自然少不了台灣、中國和世界。這種種因緣逐漸在我心中形成了一個祕密的願望——哪一天，當我寫好一本書，一定要用楊識宏的畫作封面。

不論我們各自走過什麼樣的曲折路，不論這世界變得多麼陌生、遙遠、無味，殊途同歸總還是有一個不變的方向，借用識宏的畫給我的啓示，我稱之爲「素寫洪荒」。

「洪荒」兩字與歷史或文明與否無關，只不過是大自然的內核、生命的本色罷了。

我把五十幾篇文稿校對好，寄給了台北的初安民兄，〈冬之物語〉即將由他負責的印刻出版社出版。

近一段日子，最快樂的事，莫過於識宏挑出一張畫，並爲我設計了封面。

張純如自殺

張純如自殺了，消息傳來，除了感到突然與可惜，眞不知該說什麼才好。

二〇〇四年十一月十三日，美國東岸的華人在紐約市法拉盛區的亞太事務中心舉行了追悼會。純如生前不少好友在會上講了話。亞太事務中心創辦人陳憲中、日本行醫的姜國鎭和攝影師李揚國以及純如的美國朋友，追憶了她的生平，表達了敬意。但沒有人談到，也可能沒有人眞的知道，家庭美滿、朋友遍世界、事業已有成就並繼續攀向高峰的她，爲什麼清晨五時開車停在公路邊上，用一把古董手槍（不需申請執照即可購得），朝自己的頭部，下狠心，扣下了扳機。

以《誰殺了陳果仁？》一片成名、現任紐約大學電影研究所所長的崔明慧提到一些疑惑。張純如的第一本書是《錢學森傳》，崔爲拍錢學森紀錄片找她，感覺她似乎受到很大的壓力。她不敢在加州聖荷西的家裡接受採訪，並要求崔千萬別提她有個兩歲的兒子。崔明慧說：「這種心理上的恐懼，與她寫南京大屠殺有關！」

張純如是當前美國華人青壯年一代中相當傑出的作家，台灣知道的人可能不多，我應該介紹一下。

張父為物理學家，母親也是學者，兩人皆來自台灣，都曾任伊利諾大學教授，現已退休。張純如自己在伊大和史丹福大學接受過紮實的歷史學訓練。一九九七年《被遺忘的大屠殺：一九三七南京浩劫》一書出版（台灣由天下文化出版），造成了新聞轟動，並普遍獲得好評。這是以一般美國讀者大眾為對象並深入揭發日軍在華暴行的第一本歷史著作。由於她的寫作採用了兼取實地調查、當事人採訪與廣泛資料蒐證的「新新聞」（New Journalism）方式，不像純學術書枯燥難讀，不但在美國且在國際上產生重大影響，並成為當年的年度最佳書之一。不用說，力圖掩飾真相的日本右派，因此恨之入骨。據說張曾收到不少黑函和恐嚇電話。

寫作過程中，除盡讀美國各大學圖書館收藏的第一手資料外，張純如曾多次前往歷史現場，訪問了日漸凋零的倖存者，留下了珍貴的口述紀錄。

曾經大力協助張純如研究工作的南伊大歷史系教授吳天威表示，他非常感激張純如，「因為她寫了一本書，讓全世界和美國開始認識被日本政府抹殺歪曲而差點被人遺忘了的南京大屠殺的歷史真相！」

美國華裔婦女協會，由於這一非凡貢獻，頒發給她「年度傑出婦女獎」。

台灣的讀者也許不太了解。根據美國聯邦政府的人口普查統計，旅美華人只有一百萬左右，但實際數目應在二百萬以上，其中傾向台獨的實際上是極爲孤立的少數，大多數旅美華人關心的是兩岸的和平統一。在這一政治傾向板塊中，張純如是一個重要的典型，她的學術和社會活動，體現了老少兩代華人在政治意見上難能可貴的結合。結合焦點即針對日本政府及日本右翼思想界始終拒絕對二戰的侵略承擔責任。像戰後德國那樣，在猶太人與國際輿論壓力下深刻反省的精神與態度，日本從來視若無睹，政府大員爲形勢所逼不得不道歉時，也只是隨口敷衍，不但毫無誠意，行動絕不落實。

這種形勢促成了旅美華人近年來的蓬勃組織活動。東岸有「紀念南京大屠殺受難同胞聯合會」和「對日索賠會」，西岸有「世界抗日戰爭史實維護會」。貫穿兩岸和全美各地甚至與台港大陸聯成一片的則有各種保釣組織。這些組織經常舉辦活動，張純如跟它們保持了密切聯繫，一向非常活躍。

我平常看報有個多年養成的壞習慣，很少或甚至根本不看地方版。張的消息因此沒有注意，老友牟敦芾電話來時才知道，已經是出事三天以後了。

我們的電話通了半個小時，半小時裡聊不上幾句話，大多時間是沉默。

敦芾畢業於台灣國立藝專編導科，以《不敢跟你講》一片成名，在港經營獨立製片時代，冒險犯難推出了《黑太陽七三一部隊》和《南京大屠殺》兩部重要作品，可以說是二十多年來大陸經濟親日和台灣政治附日大逆流中獨力支撐抗日大業的壯舉。前幾年，敦芾移民美國，在好萊塢成立了電影公司，也因此與長住加州的張純如結緣，常有往來。他的沉默，反映的是喪友惜才的沉痛心情，我之所以說不出話來，或許還別有所思。

媒體報導的綜合印象是：張純如的自殺，大抵與憂鬱症有關。

我問敦芾，張的憂鬱症，是否跟以前因此自殺的某作家相像。牟答：「完全兩回事，那個人本來就瘋瘋癲癲的，純如是個非常嚴肅的人。」

朋友們對張的共同印象是：她個性爽朗，詞鋒犀利，文字風格也足以證明她不是糊塗的浪漫幻想家。她的書，邏輯思維嚴謹，是非判斷敏銳，沒有第一流的知識訓練，不可能做到。

這樣的人，怎麼會自殺？

要說她因爲寫了一本暴露日軍大屠殺眞相的書，便因此受到迫害而致命，恐怕過於牽強。心理壓力難免，崔明慧的說法可以作證，但無論如何推不出自殺動機。事業上選擇揭露人間不平的人，不可能因爲被揭露者心虛氣短的負面反應而變得如此脆弱。

憂鬱症或稱躁狂抑鬱症（manic depression），可能有生理上的病因，往往是體內化學物質不平衡引起，近年的治療已有突破，藥物控制並不困難。但除此以外，精神思想上的影響，也不能排除。

張純如的母親說過一句話，引起我的注意。她說純如不相信醫生，認爲自己得的是不同的病，醫生無法幫助她。

一個有嚴肅事業企圖的無神論者，歸根到柢，還是人，因此無法擺脫人之所以爲人的先天局限。

凡事皆有兩面，一面是「有」，一面是「無」，而「有」「無」之間，往往存乎一心。

無神論者最終極的挑戰是：理性世界裡，先驗規定，根本推不出一個神來。

萬古常寂寞，往往是伴隨無神論者的永恆折磨。

這麼些年來，我隨緣養成了一些抵抗寂寞的手段。

觀察心愛植物的生命發展，看它們如何體現其中潛藏的力量，助我忘憂。

鍛鍊身體與心智，使之相互完美配合。熱中於乒乓和高爾夫，遂有暫時忘我之效。

近三年，又開始靜坐書案，研習書法。

但我從來沒有夢想自己成爲植物學家、運動員或書法家。

這些都只不過是自救的手段罷了。

我已多年不參加社會活動。政治上，我也只觀察，不介入，因此與張純如並無一面之緣。但她的死，除了深感華人知識界的巨大損失，因同爲無神論者，不能不感到震動。

她今年才三十六歲，已經出版了多本重要著作，發揮了影響力，目前還在研究二戰時期菲律賓美軍戰俘的遭遇。可以設想，她的工作是以揭露日本侵略眞相爲核心的一幅完整的人道主義宏觀圖像。

直覺告訴我，張純如自殺猶如硬鋼斷裂，她活得太嚴肅，太辛苦。

無論多麼勇敢，黑白分明的「有」與「無」之間，或許還是需要一些灰色地帶吧。

結婚進行曲

美國政壇最近出現了一個有趣的熱門議題——結婚，讓我想起了多年前自己經驗的夏威夷之夜。

兩件事似乎風馬牛不相及，所觸及的卻又是一件事——結婚，人生的一件大事。

剛到夏威夷那段日子，爲了加速學好英文，每天上床前後都要聽上一、二小時的廣播。記不清楚是火奴魯魯的哪一家電台了，只記得，每天晚上到了十二點，一定播放〈夏威夷婚禮曲〉（Hawaiian Wedding Song）。這段樂曲旖旎悱惻、幽雅纏綿，比白居易的〈長恨歌〉還要迴腸盪氣。這樣的方式進入夢鄉，眞夠幸福的，是不是？

當然，第二天醒過來，大太陽當頭一照，心裡也就明白，結婚與幸福，很可能是全不相干的兩碼子事。

不妨拿我熟悉的幾個當紅高爾夫職業球員當例子，說明一下。

去年年尾，美國對世界（歐洲以外）的總統盃在南非舉行。賽後，狗仔隊跟蹤老虎伍茲，發現他帶了他的金髮碧眼瑞典情人溜進了野生動物保留地，在萬里蠻荒的大地上、紅霞似火的長天下，獻上了一枚大鑽戒。老虎的爸爸額爾伍茲人生經驗豐富，閱歷深厚，對此表現得十分冷淡。他擔心兒子如日中天的事業可能因此受到負面影響。他的擔心不是完全沒有道理。

早幾年的天才球員約翰．戴利（John Daly），老虎出道前，已經贏得PGA錦標賽（一九九一）和英國公開賽（一九九五）兩次大賽的冠軍。戴利是專家所謂的原生天才（raw talent），揮桿動作不合標準，但球感超人。長球強而有力，距離超過老虎；短球精確細膩，功夫不弱於此中翹楚菲爾．米克森（Phil Mickelson）。但從一九九五年拿下了傲人的「紅酒壺」（claret jug，英國公開賽獎盃），將近十年沒有任何表現。他結婚四次，第四任妻子又有吸毒問題，他自己更不寧靜，濫賭到幾乎破產，酗酒被迫兩上戒酒院，還鬧過打老婆和比賽中途不告而退的新聞。

結婚與幸福顯然背道而馳了。

可是，也有結婚與幸福並駕齊驅的例子。

前面提到的米克森，可以說是高球界伉儷情深的典範。米克森也是所謂的天才型球員，身材胖嘟嘟的，但打起球來似乎每一粒細胞都協調到恰到好處，全身每一部位都朝一個共同目標發力，因此揮桿速度與控制達到完美的結合。但他有一個痛腳，PGA巡迴賽中，至今已經贏得冠軍二十二次，卻沒有一個大賽（major）錦標，因此，他的寶座，永遠是略帶諷刺意味的BPWM（Best Player Without a Major 贏不了大賽的最佳球手）。

然而，這絕不表示他缺乏大賽實力，事實上，紀錄顯示，他曾在名人賽打出第三名共四次，美國公開賽第二名兩次，PGA錦標賽第二名兩次，一共有七次失之交臂的機會。不過，職業運動界有一個相當殘酷的傳統，競賽產生的第二名第三名，完全不受重視，甚至被視爲弱者的象徵。基於這些背景，不難想像米克森每臨大賽的心理壓力。可是，我們也注意到，米克森曾不止一次在大賽進行一半並保持領先的情況下，當眾宣布：如果艾咪（Amy，米妻）早產，他一定放棄唾手可得的大賽獎盃，立刻飛回去陪伴愛妻。言下之意，事業與婚姻，寧取後者了。

二〇〇三年一年，米克森的競賽成績一落千丈，不要說大賽，根本沒贏過任何一場比賽，年終結算，他從二〇〇二年世界排名第二的地位，一路下降到第十六。「去年」，米克森今年贏了一場球（克萊斯勒經典賽）之後才公開宣布：「發生了太多事情，我的精神狀態不太好……。」究竟發生了什麼事？米克森兩小口子相約不讓外界知道。有一個星期，米克森的妻子和剛出生的小兒子全在加護病房。艾咪難產，寶寶誕生時不能呼吸，媽媽產後大出血。直到今年，艾咪才吐露。「我們不想告訴任何人，因爲我們要把這件事完全留給自己，留在這個家……。」

這個家，是一男一女結合形成的幸福的城堡。

談到這裡，問題來了。

如果不是一男一女，而是兩個同性的人，有沒有權利通過婚姻這個古老的社會制度，共同營建只屬於自己的幸福城堡呢？

幾個月以前，麻薩諸塞州的最高法院，四位大法官宣布，從二〇〇四年五月十七日開始，麻州全境各有關政府單位，可以核發同性結婚證書。新墨西哥州的一個郡已經開始給同性婚姻申請人發結婚證書。芝加哥市長理查・德雷（Richard Daley）說，他不反對發同性結婚執照，猶他州鹽湖城市長也有相同表示。

最激進的是年方三十六歲剛當選不到兩個月的民主黨人舊金山市長蓋文・紐森（Gavin Newsom）。從情人節那天開始，他下令市政府開放，核發同性結婚執照。他說：「讓我們別光談理論，讓這件事（結婚）有張人的面孔，給我故事，給我生命……。」

結果，全國各地的同志風起雲湧，奔向舊金山，市政府變成了喜氣洋洋的集團結婚大禮堂。從星期一到星期五，差不多有六千對同志新人領到了「合法」婚姻執照。

所以給「合法」兩字加上引號，因爲加州的州法是明令禁止同性婚姻的。新任影星州長阿諾・史瓦辛格（Arnold Schwarzenegger）聲明：「婚姻是一男一女之間的事，我希望舊金山遵守法律。」

美國許多州都有法律禁止同性婚姻，但也有許多州留下餘地，讓守法者和執法者有些彈性活動空間。舉例說，有些地方法律雖明定婚姻的要件爲一男一女，但同性可以結合成爲「民事結合」（civil union）或「家庭夥伴」（domestic partnership），雖不等同於異性婚姻所受到的一些法律保護和社會承認，但保有一定的財產繼承權和領養子女的權利。

美國聯邦憲法基本上認爲婚姻屬於地方法的管轄範圍，因此沒有明文規定結婚以一男一女爲要件，即便美國的宗教傳統歷來堅守此一信念。

《憲法》的這一模糊地帶，現在面臨了前所沒有的考驗。

二月二十四日，布希總統在白宮羅斯福廳向全國發言：「一男一女的結合是文明的最根本制度……若與此文化、宗教和自然根基分離，必然削弱社會……。」

他宣布公開支持對《憲法》的有關條文進行修正。

修憲是件大事，需國會參眾兩院三分之二通過，並需在七年內由四分之三州議會（即三十八州）通過，才能生效。

據報導，目前國會內連修憲條文的文字都尚無定論，最早也要到今年十一月才可能提案，布希爲什麼急急於此刻抬出大動作？

除了前面說明的同志結婚潮，還有個頗關鍵的政治問題。

民主黨初選脫穎而出的麻州參議員約翰．柯瑞（John Kerry），目前民調領先布希，但在「婚姻」這個問題上，處境比較尷尬。一九九六年，柯瑞曾在國會投票反對《保衛婚姻法》，該法對「婚姻」的定義，限於一男一女。

可以斷言，除了國家安全與經濟問題，「結婚」將成爲今年美國大選的一個關鍵議題。

這跟我當年的夏威夷之夜，自然是沒有任何關係的。

此文寫於二〇〇四年三月二十五日，不到一個月之後，米克森終於雪恥，贏了當年的名人賽。

蝴蝶效應

好萊塢訂今年一月底推出一部新電影，片名叫《蝴蝶效應》（*Butterfly Effect*）。編導名不見經傳，一個叫Eric Bress，另一個叫J. Mackye Gruber。我上網查了一下，看了它的預告片，好像不怎麼樣，大概又是驚悚懸疑加男歡女愛，騙小孩子的電影。然而，片名卻很有趣，它的廣告詞也很有趣：「改變一點，什麼都變了！」（Change something, change everthing !）有點像中國話說的「牽一髮而動全身」，但又不完全一樣。

《蝴蝶效應》原來是近年來氣象學界的一個新用語，最早是愛德華．羅倫茲（Edward Lorenz）用出來的。一九六三年，羅倫茲在紐約科學學會的一次會議上說了這麼一段話：「一位氣象學家指出，如果這個理論（指蝴蝶效應理論，不過當時還沒用「蝴蝶」這個字眼）正確無誤，則一隻海鷗搧動翅翼就足夠永遠改變氣候變化……。」

一九七二年十二月美國科學促進會在華盛頓開會時，「海鷗」就發展成更富詩意的「蝴蝶」了。羅倫茲的論文題目是：「預測性：巴西一隻蝴蝶閃翅，能造成德克薩斯州的龍捲風嗎？」

總之，氣象學上的這種討論，似乎指出了自然界的微小變化有無限擴張的可能性，因此而造成的混亂狀態，如果事實的確如此，則一切預測都是不可能的了。

然而，這一、兩年，氣象學上這個引人遐思的想像，似乎又在人文和社會科學方面啓發了人們的想像力。

上述好萊塢電影不但借用這個氣象學用語，甚至有意拓寬它的適用範圍。它從人人都可能有過的一種心理狀態上推想：如果你能夠走回時光隧道，回到生命中的某一命定的時刻，把影響你後來一生的某一件事或某一項行爲略作改變，今天的你，會不會完全不同呢？

去年十一月，是美國甘迺迪總統被刺第四十週年，記得那天的《紐約時報》社論版對頁上，出現了一大篇文章（占全版三分之二篇幅），內容也跟「蝴蝶效應」有關。作者假設，刺客奧斯華德的槍彈如果射偏了，沒有謀殺成功，甘迺迪如果沒有英年早逝，美國今天很可能是個完全不同的國家。作者先推論，作爲青年偶像的甘迺迪，不可能造成全國反戰潮，越戰的處理便會不一樣。接下去，尼克森也不可能上台，因此也不會發生水門事件，因此……諸如此類。

「蝴蝶效應」看來不是一個可以驗證的科學理論，但是，作爲一種擴大我們想像力空間的方法，也許不是毫無用處。至少，當作一種幻想遊戲，說不定也蠻好玩的。

舉例說吧。

如果一九二五年一月間，國民黨領導人孫中山先生應段祺瑞、馮玉祥之邀，北上談判國是途中，抵達天津時，發現身體不舒服的原因不是胃癌，只是胃潰瘍。那他在同年三月十二日便不致於病逝北京。

如果孫中山當年沒有死（他才六十歲），如果他活到八十歲，那就應該是一九四五年，也就是抗戰勝利的一年。這多活的二十年裡，中國會有何等不同的發展！

首先，我們可以推測，蔣介石不可能以一介武夫的身分，以曾國藩那一套思想邏輯，推翻孫中山的領導而大權獨攬一身。則孫中山即使與段祺瑞的北洋政府不能達成協議（段祺瑞不贊成廢除不平等條約也不同意召開全國國民會議，而這兩條是孫中山《北上宣言》中的重要主張），南北分治的局面還是可以維持。一九二七年的國民革命軍北伐，統率一切政治、軍事、經濟和社會力量的就不可能是蔣介石，而是孫中山本人。

以當時中國南北兩個政權實際政治和軍事力量衡量，孫中山的統御方式絕對超過蔣介石的水平，則一九二七年的寧漢分裂就不可能發生，汪精衛的黨政與蔣介石的軍權必能在孫中山的調解指揮下，達成一定程度的合作。

同時，由於「聯俄容共」政策本為孫中山的既定方針，一九二七年四月十二日蔣介石的

「清共」與同年七月十五日汪精衛的「分共」，也有可能化解。國共合作的局面或許仍有機會持續到抗戰爆發之後，則國共在歷史上將不是合作、屠殺、合作、屠殺，而很有可能從北伐一直合作到抗戰勝利。

到一九四五年抗戰結束時，在美國的積極調停下，即使孫中山不克親手付諸實施，但因中共如未被殺被剿，也就沒有自己建立武裝部隊的必要，兩黨成立聯合政府就不是不能想像的了。

那會是一個什麼樣的中國？至少是一個沒有毛澤東的中國。甚至台灣，也可能完全不一樣了。

再來幻想一下。

一九四九年十月一日，當毛澤東站在天安門城樓上，向全世界宣布「中國人民從此站起來了」的那個時刻。如果他突然興奮過度，心臟病暴發，接下去又會有什麼樣的「蝴蝶效應」呢？

很可以想像，三反、五反、土地改革這一系列政策也許還是會執行，但在執行的方式上大概不會太過火。

一九五五年針對國民黨統治區以胡風爲代表的左翼文藝人士的大規模整風（株連千人以上），如果沒有毛澤東，周揚、林默涵與何其芳等黨文藝官僚不可能如此囂張，則像路翎這樣的天才小說家和綠原這樣的卓越詩人，肯定會有更新更好的創作出現，大陸從一九五〇年代初到一九八〇年代初這三十年千人一面的文藝大蕭條，根本不可能發生。

劉少奇與周恩來等如果主掌政治局，三面紅旗的災難應可避免。

思想文化上，馬寅初、胡適之、梁漱溟等等的批判，也不可能整成「萬馬齊闇究可哀」這樣的地步。

尤其重要的可能發展是，牽連全國各界人士以百萬計的反右運動，斷不致於做到趕盡殺絕。

一九六六到一九七六年的文化大革命十年浩劫，沒有毛澤東也就沒有四人幫，更是無法想像了。

「蝴蝶效應」，我說過，尤其在人文和社會領域，也許只能當一種激發想像力的遊戲來玩，是只能成為小說的演義方式而不能視為歷史評斷工具的。

可是，據說在生態環境的管理方面，卻有人加以運用而取得了一定實際成效的。

舉例說，在某些生態環境裡面，如果某一物種過度繁衍造成重大生態失衡時，人為地引入該物種的天敵，既可防止化學污染物（如殺蟲劑）的長期為害，又可收逐漸恢復環境平衡之效，好像不止在一般生態環境的管理上，有些農業部門也開始這麼做了。

因此想到，「蝴蝶效應」也許對於人文和社會環境，也不見得就完全是一種幻想的遊戲。

舉例說，台灣當前的選舉，漸漸有氾濫成災的傾向，是不是也可以好好想一想，有沒有可能找出個什麼「天敵」來，設法控制一下呢？

輯二

家事、閒事與往事

如果他還在

如此生意盎然的春日，滿眼望去，無處不飛花的奼紫嫣紅世界裡，彷彿悄悄藏著一份寂寞，竟無端想起了過世已經多年的父親。

自己審查一下，這種古怪的思緒，或許跟老郭的忽然來訪有關。

我跟老郭是那種如今只減不增的無話不談的朋友。

坐在後園橡樹老枝底下的陽台上，剝著花生喝著龍井的老郭若有所思。

「你現在怎麼樣?」

頗爲離奇的一句開場白。

「什麼怎麼樣?」

我以爲他問的是一般心情，但從他說話的那種表情看來，又不很確定。

「還行不行?」

我知道他說的是什麼了。

遂據實以告。也許因爲覺得無須隱瞞，反而十分坦然。

「上個月，老頭打電話來……，」他似乎換了個話題，似乎又沒有，「抱怨得厲害呢！」

他應該算是有福之人了，他的老父，前兩年剛做八十大壽，還有老母照顧，兩老相依爲命，竟用不著他這個獨子過分操心。

「抱怨什麼？選舉嗎？」

「他才不管政治！一心還在他的畫上面，到今天還想突破呢！」

老郭的父親，是那種早在日本昭和時代便已成名的台灣老派畫家。因爲成長期間深受「和風」的影響，到現在，雖然求變心切，卻難以徹底擺脫。他們父子之間的一些藝術爭論，我是早有所聞的，所以，我自然以爲，老郭要跟我說的，大抵又是老故事了，因此沒有太大的興趣刨根問底。不料他透露了這麼一個祕密：

「抱怨老母嫌他煩，拒絕同房，兩老口子好像過不下去了……。」

這時我突然想起了父親，尤其是他二十多年前在我家裡住過的那段難捱的日子。我於是刨根問底了。

「我能怎麼辦？」老郭說：「老母也是快八十的人了，能要求她勉強她嗎？所以只好跟他說：『自己來吧』。不過是老天所賜的一些緊張，解除了便沒事了……。」

我心裡不由得滿湧著對老郭的尊敬。一種慚愧後悔的心情，緊緊包圍著我。從來都以為跟老郭是平起平坐的深交，此時居然自覺矮了一截。

「昨天晚上，又接到他的電話了，說：『想不到，這樣一做，眞好呢！』……。」

二十多年前，我是個收入中等的國際公務員，比上不足，比下有餘。深感受父親栽培之恩半輩子，現在有了些條件，應該報答他。父親那時退休不久，從習慣多年的朝九晚五生涯裡出來，一時無所適從。雖然也給自己安排了一些節目，例如一年參加一次出國觀光旅遊，加入同鄉會同學會之類的活動，看看書畫展覽、聽聽戲等等，但每次來信，不免透露著百無聊賴的心情。我於是邀請他來紐約跟我們過一段日子，一來可以教導兩個孫兒，週末假日，我也可以開車帶他看看美國這個花花世界。

我那時還沒有能力購屋，在紐約皇后區租了一間三個臥室的公寓。那間書房，便成了父親第一次來美生活的牢籠。

用「牢籠」這兩個字形容，其實不算過分。

房子是四、五十年代皇后區流行的那種三、五層高的連棟屋，靠裡間的書房因此沒有窗戶，三面牆貼牆擺著書架，底下一張書桌，父親除了出門散步，完全看不見天光。

一家人每天七點起床，大呼小叫忙完了早餐，不到一小時便都各奔前程。大孫子上幼稚園，小孫子送托兒所，兒子與媳婦，上班的上班，上學的上學，每天從不到八點起，到下午

五、六點以後，差不多十個多小時，父親一人只能坐困愁城。

父親的英語還是二、三十年代在當時極爲封閉的江西和湖北學的。幾十年不用，現在更是不敢張口，冒險接了幾次電話，挫折感愈深，以後凡接電話，只要對方說英語，他說完no English兩個字便掛。

雖然是理工科出身，二、三十年代的理工科教育培養的是動腦不動手的士大夫階級，凡是日常生活裡的現代機器，父親從不親自動手操作駕馭。在他的生活經驗裡，操作機械的人，只是他的指揮對象。因爲觀念上的這種隔，所以我每一提議教他開車，他都直截了當回絕。

「不必了，這麼大年紀還學這個！」

語言不通加上不會開車，父親旅美的生活範圍便受到了嚴重的侷限，日子一久，那間書房便成了他的牢籠。

當然，週末假日，只要我不開會，媳婦沒有她的應酬，我們都設法安排節目。餐館、戲院、博物館以及附近的風景名勝，雖說消磨了不少時光，但不久也都興味索然。

父親的煩悶，當時我也略有體察，但三十來歲的我，縱然感覺得到，卻無法眞正了解。總以爲他大概是一輩子做慣了一家之主，現在落得只能跟在兒子後面轉的地位，不免有些沮喪罷了。

發現問題的是他的媳婦。

有一次，洗衣服的時候，在他褲子口袋裡找到一張戲院的票根。

七十年代的紐約，是六十年代性解放運動開始在商業上實踐的前衛地帶。時報廣場早已成爲全世界的性工業首都，形形色色的色情事業氾濫成災，犯罪集團趁機湧入，甚至以憲法保障的言論自由作爲護身符，把分支企業逐步向各地推廣。皇后區本是傳統的紐約藍領階級住宅區，那個年代，除了明文規定教堂附近幾百碼內不得設置之外，凡是稍微熱鬧一點的地方，都有二十四小時營業的×××電影院。

父親口袋裡的票根，就來自附近居民屢次抗議無效照常營業的那間春宮戲院。

把票根悄悄拿給我看的意思，她雖未明說，我也不難推想。

不久之後，我就藉故讓父親回台灣了。

二十餘年如一夢，於今我也到了父親當年的那個年紀。

老郭的一番話，在我心裡勾起的沉痛，可能是他無從想像的，所以我也不想費事去解釋。只是望著眼前一片欣榮美好的春景，彷彿了無牽掛地說了不關題旨的三個字：

「眞幸福！」

聽得莫名其妙的老郭，不知道我這三個字的前面，其實省略了藏在深處不敢說出來的一句話：「如果他還在」。

這句話，我相信，即將成爲今後的夢魘。

溫莎幫

星期天的下午，我終於下決心開車往唐人街跑一趟。說「下決心」並不過火，因爲來回一趟至少三、四小時，還要花三十美元停車費。唐人街卻是我以前經常出沒的地方，有一段時間，甚至考慮過把家整個搬到那兒去，主要的原因是兒子曾經說過一句話。那句話，對我而言，有點驚心動魄。

那天，老錢帶了小錢來我們家作客。

飯後，我聽見我兒子跟小錢鬥嘴，話題是唐人街。

小錢說：「你不要開玩笑了，那地方又髒又臭，人又醜，我恨死他們每個週末往那邊跑……。」

「他們」指的是老錢夫婦。在朋友圈中，老錢夫婦最出名的是他們的口味。大家都知道，不吃中國菜，他們簡直無法生存，雖然政治立場上，他們倆全都是台獨的忠實支持者，但週末不上唐人街吃一頓，並買回來一個禮拜的糧草，根本做不到。

小錢所以會說「你不要開玩笑了」，是因爲我兒子設法說服他，要他一道去唐人街練球。兩個孩子都十三、四歲，都在紐約郊區的中產階級環境裡上學，兩個人都打乒乓球。

那一年，北京的乒乓球國家隊送來一位教練，在唐人街辦了一個訓練班。

離傳統唐人街不遠的拉法葉街上，有一座古色古香的建築，據說已有一百年以上的歷史，一向是義務消防隊的所在地。由於年久失修，消防隊另有新居，遂由市政府宣布爲古蹟保留地，委交當地社區管理。

老建築雖然不堪使用，但空間不小，屋頂又高，社區熱心人士捐了點錢，把它改造成社區文娛活動中心。除了下棋，閱讀報刊和英語與電腦教學，還有粵劇和國樂班定期集會。地底一層地板朽壞，就打上混凝土，擺了八張球桌，成立了紐約市當時規模最大的乒乓球俱樂部。

我爲我自己和兒子報了名，參加了爲期兩個月的訓練班，每週三次，跟此地不可能請到的眞正第一流專業教練學球。

北京教練不懂英語，也不識廣東話，但學員之中，沒有人講國語，我便自告奮勇，義務擔任翻譯。

這個訓練班的成效頗佳。我從一千五百分躍升到一千八百分（美國乒協有一種電腦評分制度，一千八百分大概相當於圍棋的初段吧）。兒子進步更快，不但成爲他就讀中學的頭號選手，且具備了美國少年組十五歲以下代表隊的資格。

收獲最大的還不是乒乓球的技術，兩個月下來，兒子交了一大批「同胞」朋友。這就是爲什麼他會對小錢說：「你不能侮辱他們，他們是『我的人民』！」

「我的人民」讓我嚇了一跳。

小錢終於還是沒上唐人街學乒乓，二十年過去了，他的「人民」也不是他父母的台獨基本群眾。他如今在華爾街替有錢有勢的白人經營投資。這工作是需要肝腦塗地的，據說是爲了不致太快「燒光」（burn-out），才開始玩壘球的。

兒子也進入了他的壘球時代。

這才是我上禮拜天終於下決心往唐人街跑一趟的原因。

唐人街的主要街道叫做「運河街」（Canal Street），早期移民廣東台山人音譯爲「堅尼路」。這條街在十九世紀時確實是條運河，而且是連接紐約海港與紐約州北方皮毛、木材和農產品原產地的一條重要動脈。現在，北方的運河仍在，只是基本上成了戶外運動的場地，紐約市區內的運河，早已成爲街道、商店和公寓大樓。

藝術家聚居的蘇荷區與唐人街之間，以運河街爲界，因此運河街上應運而生的便有不少爲藝術家服務的公司行號。我就在運河街後面的「珍珠行」（Pearl Paints and Supplies）買到了我想要的型號特殊的鏡框。

鏡框長十三吋寬五吋，黑木條框，回家後，把墨汁宣紙寫就的三個直行大字嵌了進去。大字三粒，略帶行書意味，曰「溫莎幫」。

事情緣起於一年前某個夏日。

兒子來了電話，要求我們老夫妻倆長途開車約兩小時到新澤西州某公園的壘球場去觀戰。

除了做啦啦隊，還規定媽媽準備上好中國食品供四十人左右作爲午餐。

兒命不可違。老妻爲此犧牲了整個禮拜六的休閒時間，先往專業餐館器材供應店購置不鏽鋼鍋釜等特大號炊具，再上中西兩類超市分別備辦食品素材，終於在冷氣已經無效的廚房裡揮汗如雨完成了兩道大菜：冬菇海鮮炒麵和雞肉洋芋咖哩飯。

兩道菜烹製並不複雜，困難度在於份量。四十個人當中，一大半是二、三十歲的壯漢。比賽採雙淘汰制，也就是說，到中午休息時間，這批球員估計要在戶外進行激烈體能運動至少四小時以上，屆時的胃口可以想像。因此，老妻操作時，調味方面並不十分在意，但必須做足五十個人以上的份量。

當天的美食效果顯然超出了我們的想像。紙盤與筷子不夠用，竟有人索性用手指往大盆中抓麵條往嘴裡送。

小錢的肺腑之言最讓人吃驚。他當眾提出要求：

「這是第一次，但希望不是最後一次，讓它成為我們隊的新傳統，好不好？」

群眾高呼：

「劉媽媽萬歲！」

可惜「萬歲」兩字用的是美國孩子已經習慣的日語，聽來有點刺耳，像「蠻宰」。

不過，老妻不以為意，她已經到了深恐自己對兒子無用的年齡。

兒子與小錢的這個壘球隊，原來的全名是溫莎鎮福爾摩沙南瓜隊。建立「新傳統」的要求提出並無異議通過後，我也趁機提出了要求：要我們提供炒麵和咖哩飯，你們必須把老錢命名的那個帶有「去中國化」意味的隊名換一個。我也不想把福爾摩沙換成台灣或中國，既然你們是此地土生土長的第二代，就老老實實做美國人吧。

兒子和小錢等人討論後，決定放棄彼此從上一代接受的「我的人民」的怪異觀念，同意了我的要求，並請我為他們取個新隊名。

「既然是在新澤西州溫莎鎮登記的業餘球隊，就叫『溫莎幫』吧！」

我建議。

沒有人叫萬歲，也沒有人反對。只是，還有一個附帶條件：要我用毛筆給他們寫「溫莎幫」三個大字，好做成商標，印在他們的制服上。

我這筆字，老天爺有眼，是見不得人的。

連續花了好幾個晚上的時間，先從鄧石如的隸書下手，又反覆研究了一些北魏的碑和唐宋的帖，終於在行書與楷書之間，模倣趙孟頫的《福神觀記》，拼出來三粒大字。

本來想把這黑木條框掛在于右任或溥心畬的字旁，並排之下，越看越自覺形穢，終於抽開，塞在書架上的一個角落。

偶而回頭望望，知道那是一個時代的結束與另一個時代的開始，便好。

草原落日

那天，老余老孫和我，三家人六大六小，全部集中在一輛小巴旅行車上，從肯亞西部重鎮基蘇木出發，往南開。

沿途所見，基本上是未開發的山區，偶遇村落，大抵也是刀耕火種的基庫尤族原始農業。一路上，感覺文明世界從車上的反光鏡裡迅速倒退。

不知誰提議的，總之，車上開始玩一種遊戲。

發明這種遊戲的人，也就是同車的老余，大概擔心自己的孩子在異國成長，中文必然日益生疏。文化的源頭如果喪失，遲早會出現兩代之間無法溝通的困境。所以，每次出遊，抓住空檔時間，用半引導半考問的方式，讓同行的孩子們練習翻譯，既可以打發時間，又達到溫習中文的效果。

這樣簡單的遊戲，有時卻會出現忍俊不禁的場面。

舉例說，孫媽媽就地取材出了一道考題。她用英文說了一個句子，正確的中文翻譯應該是：

「座落在維多利亞湖邊的落日大酒店，風景如畫。」這酒店正是我們前夜投宿的地方。六個從五歲到十歲的中國孩子，七嘴八舌討論了半天，終於湊成了答案。他們的集體智慧，創造出來這樣一個中文句子：「太陽下山大旅館坐在維多利亞湖的岸上，它有很漂亮的圖畫！」

時間在大人們笑得合不攏嘴而孩子們漸漸睡熟的氣氛裡，很快過去了。黃昏時刻，車子開進了毗鄰坦桑尼亞的瑪莎依馬拉大草原。

草原上的落日，跟山之巔水之涯完全不同，雖然紅透半天，卻因為缺乏暮靄水霧，那血一般的黃昏，卻彷彿有一種乾柴烈火的味道。加上近空有黑灰色的禿頭食屍鳥盤旋，遠天剪貼著金合歡屬的沙漠刺槐，一種生境極限的感觸逼人而來。

孫媽媽余媽媽和我們家的大掌櫃分頭忙著給孩子們洗澡。三個大男人為了解乏，也或許是為剛才的落日所迫，不約而同坐上了酒店的吧檯。

老孫是個規規矩矩的生意人，美國總公司為了調查和開拓市場，送他到肯亞出差兩年。這是他任務完成最後一次跟我們共遊，就要整頓行裝回美了。草原落日對他，雖然不無所感，但兩杯Gin and Tonic便足以打發，不久便告退回房了。

老余和我，老孫去後，才真的聊了起來。

那是一九七七年的夏秋之交，在南半球，節氣在冬春之間。

「今年回去嗎？」

老余問我，他說「回去」，指的是北京。

「下個月走，」我答：「這一次，只看名勝古蹟，革命和建設，全免了。」

老余低頭不語。

我記得，大約一年前左右，他首先從短波收音機裡聽到了四人幫被捕的消息，立刻跑來我的辦公室。

「出去陪我喝一杯，有大事發生了……。」他說。

我們在萬國酒店盤桓了一個下午。一個下午其實都坐在露天茶座上，喝悶酒。兩個人心裡都明白，彼此生命歷程裡一磚一瓦營建了半輩子的雄偉建築，如今已成斷垣殘壁。

最早認識老余，是一九七一年四月十日，美國第一次也是最後一次的全國性保衛釣魚台運動大示威。據說那次從各地趕來的留學生達到了史無前例的五千多人。老余是那次大規模行動的主要組織者。

大示威以前，我跟老余經常電話聯繫，但從未見過面。

聯繫最頻繁的一段時間，是在保釣會分在各地舉行第一次示威後決定聯名上書的前後。

我根據北加州和南加州兩個分會討論定下的一些重點起草了那封以「總統先生」四字開始的請願書，爲了讓全美各地幾十個保釣分會聯署，老余被公推擔任總聯絡。

請知識分子在一項文件上簽名蓋章是天下一大難事，每個分會爲了這封公開信的內容和用字遣詞不知開了多少會，在沒有電郵沒有傳眞的那個時代，老余不知費了多少唇舌和多少電話費，居然在預定的時間內取得了全國一致意見。

這封信，卻是「四一〇」全國大示威的重要導火線，因爲政府對公開信的反應冷淡，態度傲慢，全美各地的保釣分會才斷然決定非搞一次層次更高規模更大的統一行動不可。

從那次事件與老余的頻繁接觸中，我對他忍辱負重、處事果決的性格留下了深刻印象。他的「海外周恩來」名聲也因此不脛而走，傳遍圈內。

老余卻不是一個天生搞政治的人。他當時正在做後博士研究，專業也與社會人文無關，他搞的是高能物理。

對老余的第一個印象來自一個特殊的用語。第一次海外保釣示威發生在一九七一年一月。老余在紐約保釣分會的大會上演講，他說了一句話：「我們來到了歷史的轉折點上。」「轉折」這兩個字，當時受台灣教育的人還很陌生，我們習慣的用語是「轉捩」，有點文謅謅的。

後來才知道，雖然跟我不過是台大前後期同學，老余的年紀卻比我大很多。原來他大學時代因參加地下讀書會活動，被警總逮捕，坐過幾年政治黑牢。

也許是非洲大草原上乾柴烈火的夕燒，也許是一年前震撼人心的消息餘威猶在，老余喝了幾杯，跟我透露了一個祕密。

「海瑞罷官那篇文章你讀過吧？」他問。

那還用說。點燃文革十年大火的那篇有名的文章，海外任何一個左派不可能沒讀過，所以我知道他不過是要藉這句問話引出一個話題，因此沒有答腔，只微微點了點頭。

「在南京讀初中的時候，」老余開始說他要說的話，眼睛望著兩手捧著的酒杯出神：「我那個小組的最上級領導便是他——姚文元……。」

「見過他嗎？」

我的好奇心大動。

「沒有！只在游行的時候遠遠看到過……。」

我後來也沒有追根究柢。一個時代過去了，不可能也不必把已經滅亡的一切弄得清清楚楚。

但我從此卻有一種體會。雖然到台灣時不過八、九歲，雖然我一清二楚，海外七十年代的保釣運動，完全是台灣和港澳留學生未受任何外力介入的一個純粹自發的運動，但它的精神根源，確實可以追溯到四十年代的大陸，甚至上溯到那以前的一連串歷史，從五四到五卅，從一二九到一九四九年前後的反飢餓反迫害。

那是一個我們熟習的時代——知識分子滿以爲只要有覺悟肯犧牲便能洗盡天下醜惡從頭再造世界的時代。毛澤東和他的四人幫，把這個夢想推向了極端，推向了毀滅。這個時代，從此一去不復返了。

太陽下山大旅館！多麼恰切的象徵。童言童語道出了人間眞象。太陽下山了，旅館裡依然燈火通明，笑語喧譁。

只不過，終究是地球客棧的短暫過客，大火曾經焚燒的天邊，億萬人類長達百年的艱難苦恨，也無非瞬間波浪反覆。

異國中秋

不知多少年沒過中秋節了，所以，接到小方邀請我參加他家的中秋晚會時，我的第一反應是：在美國，怎麼過中秋？

這幾年，由於美國的大陸移民增長迅速，各種故鄉風味的貨品供應日益齊全，月餅已經不算稀有，甚至麻豆文旦也出現在唐人街的水果攤上。可是，這個並非爲了熱鬧或歡慶而定的節日，要在異鄉的土地上過，總覺得會少了點什麼。加上家裡沒有農曆，多少年來，雖然在文化意識上堅持中國人的本位，但在實際生活裡，早已沒有這一天了。

一生中倒是有過兩次經驗，成爲記憶中無法磨滅的中秋標誌。

第一次發生在我的童年，在如今已似外太空的故鄉農村。

那時大約只有四、五歲。節日前好幾天，村子裡的小孩便給大人吆喝著組成了搜索隊，任務是在本村和附近進行地氈式搜索，並用平常拾牛糞的竹簸箕，將所有能找到的破磚爛瓦拾回來，運往村裡劉家祠堂前面的廣場上備用。

中秋當天，長老召集村人，說了一篇類似愼終追遠的訓話，然後就由幾條壯漢展開砌塔的工作。塔基選用最大最穩固的石塊和比較平整的磚瓦，向上層疊。整個結構像七層樓台，但塔中心完全露空，隨塔身增高以乾柴和茅草陸續充填。

晚飯後，先在祠堂裡完成祭祖儀式，等月亮升上半空，全村人聚齊於廣場，開始燒塔。

那時的我自然不能理會這套儀式的意義，對它的根源也毫無所知，只留下一個強烈的印象。秋高氣爽明月高掛的夜晚，那座幾乎與祠堂等高的磚瓦塔，被大火燒得通體赤紅。那是我生命中第一次身受火給人帶來的那種難以言宣的刺激、興奮卻又彷彿有了某種保障的原始感覺。

這樣的中秋感，自五歲離開家鄉後，再也沒有了。

一九五一年，在台北幸町七條通通底的父親宿舍裡，過了另一次難忘的中秋。

一九五一年的中秋，正值韓戰爆發以後台灣危在旦夕的局勢略有舒緩的時刻。因爲美國改變了對華白皮書中放棄台灣的立場，宣布台灣海峽中立化，第七艦隊正式介入國共之間你死我活的鬥爭。現在回想，那恰好是影響此後五十多年兩岸命運的所謂「和平分裂」政策的開始。

「和平分裂」者，實質的意義就是美國以世界超強的地位，在傳統中國人的生存境域裡人爲劃下一道鴻溝。被美國武力或武力威脅一刀切開的兩岸中國人，從此只能分頭發展，不准打也不可能眞正地談，直到今天。這個政策的核心思想，其實是維護美國的全球戰略利益，但直接影響了中國人自鴉片戰爭以來一百五十多年持續不斷的民族復興運動。隔斷於海峽一邊的大陸，從此關上大門，死心塌地搞列寧式的社會主義並從中尋找新路。海峽另一邊的台灣，從此納入美國主宰的勢力範圍，至今無法擺脫形似獨立實爲附庸的地位。

這個歷史背景，當然是我今天的理解。一九五一年的中秋，父親剛進入不惑之年，但我深信，他當時也無法透視這種歷史的困境。不過，少年時代的我，卻多多少少感覺到父叔一輩們的心情，彷彿大難之後初獲安定，那個中秋，是要好好過一過的樣子。

父親請來了十幾位流亡來台的單身老鄉親，母親挺著大肚子忙上忙下，除了各種過節應景的食品水果之外，還特地準備了兩大桌家鄉菜，有熱炒血鴨，有粉蒸肉，還有一大鍋泥鰍湯……。

還沒等到開席，母親突然發動了。趕緊僱三輪車（那時還沒有計程車）送台大醫院。我的最小的弟弟，也是母親的最後一胎，就是那年中秋夜之後出生的。父親給他取乳名幸兒，除了因爲出生在幸町，也有慶幸台灣暫時免於戰禍的想法吧。

兩個中秋節之所以難忘，看來一個是孕育著過去，另一個卻指向未來了。

在美國過中秋，過去與未來兩不相干。今年因受佛羅里達州北上的珍妮颶風影響，一大早便陰雨綿綿不斷，連月亮都看不見，只有初轉枯黃的樹葉，隨陣陣冷風，零落飄散。

美國人把秋天叫做Fall。這個用法，與英國人習用的Autumn很不一樣。後者是拉丁語源（autumnus），可能與星象或神話有關。地中海沿岸的拉丁傳統，秋天也許不怎麼怵目驚心。移民美國的歐陸人，到了每年的秋季，眼見溫帶落葉喬木億萬，紛紛在入冬之前丟盔卸甲的場面，Fall這個字當然最能表達他們的心情。Fall除了表面的「掉落」之義外，延伸義也可用於「跌倒」、「垮台」、「墮落」、「陷落」、「陣亡」……等一系列描寫「失敗」的場合和處境。

這和中國人心目中的那個「秋」字，很不一樣。禾色金黃如火是爲秋，秋應該是農業社會最重要的收穫季。中國人以「中秋」這一天作爲懷念先祖、家族團圓之日，象徵了人與大自然之間和諧共生的關係，因此與人生無常，似乎隔得遠些。

美國人的秋天，只有十月三十一日一個節假日，這是有名的萬聖節，是群鬼從地獄裡放假到人間大肆活動的時間，雖然也許只是賣糖果的商人想出來的營銷花招，卻也無意間透露了北美歐陸移民潛意識裡的生命恐懼了。

在這樣的自然環境與文化氛圍中，要想過一個純中國的中秋節，根本是不可能的。

此間確也有些華僑團體趁機舉辦中秋晚會或遊船賞月活動，多年前也曾參加過一次，無非是主辦單位推銷其政治或社會主張的場合，有點不倫不類。

小方家的晚會倒是家常得多。受邀請的每一家各帶一、兩個拿手菜餚，主人更準備了香港、台北和上海各地航空運到的廣式、蘇式月餅和其他應節之物。祭祖的儀式，此地早已失傳，下一代的人馬，基本上已是百分之百美國人，他（她）們的習慣只在感恩節和聖誕節回家，因此，團圓的意義也就不能談了。那麼，還剩下什麼呢？

兩桌麻將一場卡拉OK，如此而已。

據剛退休的小方說，往年的中秋，他也辦過晚會，到時候，不論來客是誰，談著談著，最後一定回到政治問題上大吵一場。今年，一場莫名其妙的選舉傷透了心，所以我們還在門口脫鞋，抬頭便在醒目處看見他手書的四個大字：

「莫談國是！」

這是個既無過去也無未來甚至連現在都沒有了的中秋節。

花花世界

我睜開雙眼，在稿紙上寫下了本文題目的四個字。然後，我閉上左眼，這四粒字清清楚楚出現在面前。閉上右眼，效果也一樣。可是，再睜開雙眼，四個字變成了八個字，橫排的字，由左上方向右下方傾斜，每一個字的每一筆劃，全變成了兩劃。我抬起頭，望向窗外的世界，眼光所接觸的任何物體，全部出現兩個相同的影像，一上一下，一稍左一稍右，分不清哪個是眞，哪個是假。

眞假虛實相混，世界成了亂花花的一片。

這是第八天，我活這個花花世界裡，不知道還要多久才能脫困，也不知道用什麼方法幫助自己。

我打電話給奧爾巴哈：

「你是不是百分之百有信心，這種現象一定會消失？」

「我不能說百分之百，」他回答：「但我有百分之九十八的把握……。」

奧爾巴哈是個職業生涯忙碌無比但仍能讓人信賴的猶太人，他說話有分寸，行事明斷果決，他是我的眼科醫生。

八天前是個近來難得一見的天氣晴和的禮拜天。我們一共有八名球友；早在一星期前便互相約好，定了tee time（開球時間），前往北方八十英里處的卡味兒球場（Thom Carvel Golf Course）去玩一場友誼賽。

友誼賽的玩法叫做拉斯維加斯，對，就是那個世界最大賭城的名字。我們習慣的賭注不高，賽完十八洞，輸方請贏方喝啤酒，打牙祭（一盤炸雞翅，一盤薯條，諸如此類）。輸贏無傷大雅，但就因事關勝敗，每個人便會認眞百倍，處理每一球都小心翼翼。

拉斯維加斯的賭法有多種，我們採用分組制，即每兩人成一隊，與四人組中的另兩人逐洞記分比賽。記分的辦法基本上按照每人打一洞的桿數，並按同隊兩人的成績，依好壞配成十位數或個位數，兩隊相互比較定上下，十八洞之後以總分定勝敗。舉例說，甲乙兩人成隊，完成一洞後，甲三桿乙五桿，即得三十五分。如丙丁分別打出五桿和七桿，即得五十七分，兩隊遂相差二十二分。除此以外，遊戲還規定，如任何一人得小鳥（少一桿），則對方的個位數與十位數對調。例如，上述甲的三桿如爲小鳥（如果是四桿洞），則丙丁的成績即爲七十五分，兩隊因此相差四十分。老鷹的話，敗隊加扣二十分。

卡味兒球場是美國東部地區典型的山地球場，地形崎嶇，球道變化多端，往往一兩個洞處理不好便破壞全局。

我的「大難」出現在標準桿五桿的第五洞。這個洞並不長，五百碼出頭，因此頭兩桿打得好，便有兩桿上嶺抓小鳥捕老鷹的機會。正因爲有這種機會，設計者不免要出些難題。這是個狗腿左拐洞，理想的開球是微左曲（draw），但開球台前方約一百碼處有棵大樹擋路，兩百碼的右前方有個池塘陷阱，球要開好，便得從樹右側繞行，把球拉回左方以避開池塘。

輪到我開球的時候，出現了一個怪現象。

我把球座插下，把球放上，站起身，把一切準備動作做好。發球前，我習慣低一次頭，把眼光看準球體赤道線的左下方，這是我預定開左曲球的理想擊球點。就在這時，我同時看見了兩粒球，一在左上一在右下，而且無法分辨，哪一個影像是實，哪個是虛。

當時的我，還不知道自己的視力出了問題，只憑感覺完成了擊球動作。球打到果嶺後，離球洞還有三十英尺左右，麻煩來了。首先，我完全看不清果嶺的高低起伏與傾斜程度。其次，球洞出現了兩個，而我完全無法分辨，孰眞孰假。

那天輸球自然只是小事。

第二天，掛急診找奧爾巴哈求救。

他給我做了遠視散光測試，發現與去年檢查結果比較，並未惡化，又查了白內障，也還正常，然後，反覆問了幾個彷彿不相干的問題：

血糖指數？有點高，但不到糖尿病程度。

最近腦部有沒有發生創傷？沒有。

十年二十年前的老照片中有沒有頭部傾斜的現象？不可能。

嗅覺和味覺有沒有變化？沒有。

……。

可以想像，不相干的問題越多，越讓人緊張。

最後，又拿各種鏡片測試，終於找出了一套，戴上後，視力恢復正常。這時，快人快語的奧爾巴哈說：

「第四神經癱瘓！」又加上一句評論：「很稀有，我一年最多看到一、二個病例。」

第四神經癱瘓（Foruth Nerve Palsy），聽起來十分恐怖，但奧爾巴哈說：

「沒什麼可以治療的，回家前到藥房買一張單眼眼罩，兩三個月之後，自然就會好！」

然而，前面不是提過，奧爾巴哈的擔保只有百分之九十八嗎？

那天晚上，事有蹊蹺，一隻蟋蟀不知怎麼從哪個窗縫門隙裡溜了進來，躲在離床不遠的衣櫃夾縫中，一晚上，不停地唱，唱久了，牠的歌聲在我的腦子裡面自然變成沒完沒了的「百分之二」「百分之二」……。

我上美國國家保健研究所（NIH）和各種眼科、神經科的網站去查，最後大致得到這麼一種印象：

「第四神經癱瘓」有先天後天之分，先天遺傳者多發生在兒童身上，而後天的成人病則有多種成因：腦瘤、腦損傷、糖尿病和血管硬化造成的血管梗塞……。

奧爾巴哈未能排除的「百分之二」裡面，殺手林立。

曾經患過眼病的一位朋友向我推薦了一位來自上海的中西醫結合針灸推拿專家。我登門求教。上海醫生一聽我的病情，立刻臉色大變。

「複視！」他說：「我母親的鼻竇癌到第四期末便產生過這種現象，這是一天都不能耽誤的，趕快去做MRI！」

妹妹介紹我向她好友的神經病學專家丈夫諮詢，台大醫學院畢業目前在美國成爲第一流學者的吳哲文醫師百忙中接了我的長途電話（他住在加州），委婉地告誡：「雖然因無法當面檢查，但大致判斷是血管硬化造成第四神經因局部貧血而失去能力，三個禮拜之後應可恢復，但如不戒菸，後面可能有更多的嚴重問題……。」

活在目前的花花世界裡，看來問題還眞不少。首先，至少要做幾個禮拜的獨眼龍。戴上眼罩，世界不花卻失去了應有的景深，一切看來平板不實。開車出門，尤其在夜間，比探險還要緊張刺激。球是不能打了，寫字、讀書也加倍費力。而最要命的是：在緊張、焦慮、興奮、沮喪、快樂與苦悶的百般情境中陪伴了四十年的滿身劇毒的忠實朋友——香菸，是不是從此也要永遠分手了呢？

冬夜讀三國

有一次，在台北，應邀到中廣公司接受訪談。主持人問了一個不能算愚蠢但也不算聰明的問題，讓我覺得彷彿困在救國團式的晚會節目中。

「如果你漂流到一個孤島，只准帶兩本書，你會帶哪兩本？」

主持人的聲音，悅耳動聽，用流行的形容詞說，好像銀鈴，只不過，她的腦袋，也差不多。問題既然來了，又是現場播出，我毫無迴避餘地，只得整容答道：

「《三國演義》和《金瓶梅》，就這兩本吧！」

「爲什麼呢？」

她顯然是眞心求教。

「一本是性，一本是政治。有了政治和性，孤島也可以活下去了……。」

這個答案，在當時只不過是爲了化解場面太嚴肅太尷尬而隨口迸出的玩笑話，想不到，若干年後的今日，卻成了台灣當前現實的寫照。

尤其是《三國演義》，按照教育部長的知識分類，現在已經是「敵國」文化侵略的先頭部隊了。如果要把文化大革命進行到底，接下來必然要發動全島學生破舊立新，組織造反派，掃清民間無處不在的關帝廟和商店、公司、機關以及私宅裡供奉的牌位。歌仔戲和布袋戲更不必說，應予鬥倒鬥臭的劇目可能超過百分之八十，因爲除了三國故事，《紅樓》、《水滸》、《西遊》、《隋唐演義》、《封神榜》、《白蛇傳》、《西廂記》以及《三俠五義》、《包公案》……均應一一檢討批判，務求予以全部乾淨徹底消滅，以保證未來的台灣烏托邦裡，世世代代不受敵國文化侵略的荼毒。不談這些了，談談自己的《三國》經驗吧。

讀《三國》，這輩子一共兩次。第一次才九歲，就讀東門國小五年級。東門國小離新公園很近，下課後經常揹了書包往那邊跑，目的倒不完全是貪玩。新公園內的省立博物館建築內，當時附設了一個兒童圖書室。五年級那一年，差不多把那個圖書室的藏書（規模不大）全啃完了。因爲幾乎天天去報到，管理員熟到跟家人一樣，甚至到自己上了高中偶而經過逛進去懷舊，還能叫出我的名字。印象中，那一年啃得最辛苦的大部頭「非童書」，就是《三國演義》（不記得是哪個版本了）。

在所有話本小說中，《三國》的文字最艱深，情節故事雖引人入勝，但文字下面的微言大義，對一個九歲小孩而言，完全不能領會。我是把它當武俠小說來看的，所以還能終篇。留下的印象，自然與著書人的原始意圖完全無關。是否中毒，也不甚了了。

如果要選一本對中國世代平民人口影響最普及的書，《三國演義》的重要性，幾乎相當於西方的《聖經》，豈只是「忠孝節義」四字而已。《聖經》是可以一讀再讀的，《三國》也當如是。

最近兩個禮拜，天氣由秋變冬，心情上，彷彿覺得需要些溫暖，遂決定花些時間，重讀《三國》。

手上的這一套，是經過大陸學者修訂的一百二十回本。好處是加了注釋，省下自己翻查詞典的時間，並附列地圖，閱讀時，腦子裡因此有個方位觀念。壞處當然是「修訂」過程中，難免刪除了部分所謂「糟粕」。這類「糟粕」，雖與官定意識形態有所衝突，但我以為，「原貌」中可能有著書者羅貫中和修書者毛倫、毛宗崗父子的藝術企圖。

舉個例吧，魯迅就說過：「至於寫人，亦頗有失，以致欲顯劉備之長厚而似僞，狀諸葛之多智而近妖……。」

這一點，我的意見稍有不同。《三國演義》作為一本小說，人物刻畫是最成功的地方之一。傳統中國人的思維裡面就有性格分類的觀念，《三國》人物的形塑，是個重要典型。試想，如果把劉備的「僞」、諸葛的「妖」、曹操的「霸」、關公的「愚」、張飛的「莽」、周瑜的「嫉」和呂布的「燥」都洗得乾乾淨淨，這些人物的形象豈不都刻板乏味而整部書的藝術感染力能不大打折扣？小說不是歷史教科書，小說「做假」是天經地義的「求眞」手段。

魯迅先生寫下這段評語時，說不定讓自己的歷史觀悄悄潛入了。

不過，《三國演義》最憾動人心的，其實不在人物的創造。要談人物，《紅樓夢》的造詣遠勝《三國》、《水滸》和《西遊記》。這當然是因爲曹雪芹從湯顯祖那裡借來一個「情」字，紅樓人物的外在和內在建構因而實現了前所未有的飽滿，也是中國古典小說史上的一大突破。

《三國演義》最偉大的地方，明代高儒有段恰如其分的評語：

「據正史，採小說，證文辭，通好尚；非俗非虛，易觀易入；非史氏蒼古之文，去瞽傳詼諧之氣；陳敘百年，該括萬事。」

尤其是「陳敘百年，該括萬事」八字，點明了歷史政治小說長河浩蕩、大氣恢宏的高度壯觀美，在全世界的文學殿堂裡，占據了不可替代的位置。

冬夜讀《三國》，別有情趣。爲了充分享受這段時光，我規定自己每天只讀十回。因此，從黃巾起事天下合久必分開始，到司馬炎廢魏陳留王自立爲晉天下分久必合爲止，這個「百年」（其實是從公元一八四年到二八〇年），我一共花了十二個夜晚。十二個夜晚，在如今「去日苦多」的生命裡，不算是便宜的投資，但自覺受益不少，絲毫沒有浪費。

最高的享受是閱讀精練中文帶來的快感。我們這一代人，一輩子深受翻譯文字的影響，潛意識裡早已養成英文文法的習慣。一個句子如果沒有主受語和動詞，便覺斷頭去尾，彷彿殘缺。《三國》全書當然有很多囉嗦邋遢的敘事成份，但它的精彩篇章大都言簡意賅而組織嚴密。百年史事中最重要的一場戰爭，從諸葛亮渡江舌戰群儒開始，到華容道關雲長義釋曹操爲止，作者寫了八章，每章約五千字共四萬字左右。但這四萬字的小說裡面，出入人物上百，大小場面無數，而作者舉重若輕。場面調度層次分明，情節布置環環相扣，這樣的技巧，試問「五四」以來的白話小說界，有誰學到了這種功夫？哪篇小說練成了這種火候？

冬夜讀《三國》，即使是看遍興亡、看淡沉浮的中老年讀者，對於遍布書中無窮盡的冷血殺人場面，還是不能無動於衷。

從公元一九〇年到一九六年，由於董卓及其餘黨的屠殺、搶掠，長安到洛陽之間，廣大地區變成了荒涼瓦礫場，「關中無復人跡」。曹操的事業更是建立在「殺人」上面。進攻徐州時，「坑殺男女數十萬口於泗水，水爲不流」。對「取慮」、「睢陵」、「夏丘」等縣人民「盡屠之，雞犬亦盡，墟邑無復行人！」

除了戰場上的殺人如麻，個別人的酷刑處死和誅族滅門事件更層出不窮，而作者娓娓道來，除非涉及忠孝節義一類德目，否則一概視爲當然，毫無感覺。這是一種殺人如殺雞的冷血文化景觀，中國人習而不察，何止千年。

因此，冬夜讀《三國》，除了文字、藝術和文化上的刺激之外，一種生物性的戰慄，也成了現代讀者難免的閱讀經驗，跟好萊塢電影提供的驚悚懼怖完全不同，因爲，這是我們從小熟習的人物、故事和場面，其中的溫暖與嚴酷，早已化入我們的血肉。

同船渡

後共計十一天，從二〇〇四年六月二十二日到七月二日，我們全家參加了平生第一次的一種特殊方式的旅行。

這是一種非常怪異的旅行。

同遊者幾乎必須過軍營式的生活，按規定時間，同吃同睡同勞動。當然，這裡所謂的勞動，只是走馬看花式的觀光遊覽。

田漢新編改良京劇《白蛇傳》中〈遊湖〉一折，許仙與白娘娘柳樹下避雨，背景西湖中傳來蒼老的漁翁獨唱，唱詞頗有哲學意味：

最愛西湖二月天，

斜風細雨送遊船；

十世修來同船渡，
百世修來共枕眠！

這一次，我們一家之外，同船渡的還有四十五位，其中包括中學同學和他們的家屬和親友。這樣因緣的一組人，能夠如此相聚共遊，「十世修來」似不爲過。但除此而外，我們所乘的這條「船」，重三萬餘噸，上下十一層共八百多客房，「同船渡」者，在兩千人以上。

兩千人之間的因緣，看來與「修」無關，不過是購買同一產品的顧客罷了。

「遊輪度假」是現代觀光事業的「最高表現」。它的經營、管理和開發，是一門相當複雜的學門。別的不說，遊輪上一天要爲兩千人準備六千頓餐食，口味、習慣不同，每人有每人的要求，從烹調到服務到採購，遠超過一個巨型伙食團的任務，因爲除了餵飽，不發生意外，還要設法製造氣氛。

中、老年人如此渴望羅曼蒂克氣氛，也出乎我的預料。

讓我先交代一下這件事的緣起。

兩年以前，我們的中學同學會在巴黎舉行，投票決定，兩年後，共作北歐之旅。主辦同學建議，選擇「荷蘭—亞美利加船運公司」，因爲它恰好有一套「波羅的海精華遊」，價格公道，服務可靠，十一天航程中，跑愛沙尼亞、俄羅斯、瑞典、丹麥、芬蘭、德國共六個國家。靠岸後，又可以分乘不同交通工具，參加幾十種岸上旅遊節目：從KGB檔案、猶太集中營、琥珀製造廠到各種名勝古蹟、應有盡有，任君選擇。

必須坦白交代，一開始，我對這種旅行方式，不敢輕易接受，所以前後猶豫了一年，才決定參加。

我的猶豫是有理由的。

首先，用這麼短的時間，跑那麼大範圍的一塊地球，又是文化與歷史極為豐富，地理環境和生態完全陌生的北歐，明智嗎？甚至，是否有點褻瀆？

其次，我反覆推敲：為何不把這筆開銷，改用於其它方式的旅行？例如，早就嚮往的，找一位專家帶路，深入亞馬遜河流域的熱帶雨林。或者，參加自然歷史博物館的深度旅行團，遍訪恆河的寺廟與廢墟。要不然，五月初春的英倫名園之旅，看他們如何把多年生草花圃安排到完美境界。

第三，無從想像，十一天裡有至少五、六天，實際上等於坐「船牢」。靠岸後，又只能在別人預定的有限節目裡，接受譁眾取寵的遊覽方式，亂跑一通。否則便只有自己帶份地圖，上岸瞎摸。

心理抗拒一年，終於接受，有一個關鍵因素。老伴年底宣布，公司給了她一筆額外的花紅，她想用這筆錢，請兩個兒子一道度假。算來算去，我的同學會恰好合用，時間上正好是兒子工廠的淡季，價格也還合理。但我想眞正的理由也許不易開口：差不多兩個禮拜時間（包括紐約、歐洲之間的飛行），老公和兒子都無處可逃，非「聚」不可，遊輪的確是上上選。

一上遊輪（名叫諾爾丹號，Noordam），便覺上了「賊船」。

規定有三次晚餐要全套西服，外加皮鞋領帶，這三餐，對我來說，等於受刑。

因爲有一半時間在海上，「吃」成了船上服務的大宗。餐廳幾乎是唯一消磨時間的場所，雖然有其它娛樂設施，船上大部分人的活動，除了吃還是吃。然而，吃的內容，其實很有問題，偶而供應魚子醬，但絕大部分食品都跟「吃到飽」（all you can eat）式的自助餐點類似。

游泳池有兩個，深不過六呎，因此禁止跳水，縱橫也不過各十五呎，因此不是游泳池，而是泡水池。

健身房倒有不少器材，空間小，人潮洶湧，我想不是因爲健身習慣普及，大抵是吃多了產生的罪惡感作祟，因此，展眼看去，不像運動，而是拚命自殘。

賭場規模不大，試了一下「二十一點」，莊家用十副牌一疊，因此，我慣用的算牌戰術行不通。賭場氣氛冷冷清清，被「囚」船上的兩千多人，居然進場者不多，可以想像，絕不是可以發財的地方。

當然還有電影院和商店，前者節目有限，後者價格驚人，都不是可以久遊之地。最後，人還是集中在兩、三個大餐廳和四、五個酒吧。

我們的同學會倒是選對了地方。每天十點過後，有一個只供應茶和咖啡的餐廳，利用的人不多，成了我們敘舊聊天的固定場所。

行船六日後，六月二十八日，諾爾丹號自赫爾辛基起錨離岸，航行一夜之後，進入斯德哥爾摩灣水域。

事前船長便有報告：斯德哥爾摩海灣的進港和出港，因為此地水域布置了兩萬四千多個大小不同形狀各異的島嶼，群島之間的航道十分複雜，前後航行時間達三、四小時，是不能錯過的旅遊高潮。

我將信將疑，因為船上各種報告和宣傳，多少有誇大推銷之嫌。

然而，這一次，我錯了。

遊輪進入北國的海域，尤其在尚未進入領航航道之前，港口還沒有影子，陸地彷彿一線，海是平面，天空卻如神話的鵬翼，隱隱覆蓋著一切。

日出與日落只有一線之隔，頃刻接軌，其餘約有二十個小時，是所謂的「白夜」（white night）。

白夜的天空，有一種說不清的光彩，似眞似假，如實如幻。

據說，與「白夜」相對的，一天二十個小時的「黑夜」，是北國人類酗酒和自殺的主要原因。

我站在船尾的舷邊，望著巨輪掀起的波浪，潮水般退去。不免想像，千年生死於斯的人類，頭腦與心靈，必然異於我族。西貝流士、普羅高菲夫的音樂，托爾斯泰的心胸，杜斯妥耶夫斯基的靈塊，屠格涅夫的文字，維京人血液裡的殺伐征戰，彼德大帝全套文明移植的氣魄……，全都是習慣了黃土地生老病死農民心態的我們，無從想像也無法理解的。

這裡的天空，直迫眼簾。

無法形容的欲望，無法消解的憂傷，傾刻掩蓋，壓迫你，要你臣服。同時，彷彿又在挑釁，要你奮起，要你血脈賁張。

這就是伏特加酒給你的感覺，如果你的心情，恰好能夠領會。

航船在萬千島嶼織成的繁複鎖鍊中滑行，像太空梭，在間不容髮的磁場邊緣，摸索一條生還的航道。

天空有異光，形若垂天之雲，「囚」於遊輪的我，遂進入似有所感、忽有所思的狀態。

觀光艾爾米塔斯

兩年一次的中學同學會，我不想缺席，爲此，勉爲其難，參加了六國十一天的「波羅的海精華遊」。老同學藉遊輪度假，有充分的時間暢敘舊情，的確是個不錯的選擇。但遊輪公司提供的觀光式旅遊，卻是個不大不小的陷阱。倦遊歸來，不能不想一想：所謂的「六國精華」，究竟看到了什麼？

旅行可以增廣見聞，有利於調整心情、擴展胸懷，甚至對人生方向的端正不無幫助，此點我深信不疑。「看世界」原是人類積極有益的本能活動，多少偉大事業都是在這種欲望的基礎上開拓出來的。然而，設計不佳或準備不足的旅行，有時適得其反。

劣質旅行的經驗，自己也曾有過，事後只能懊惱。

父親的晚年，是以每年至少出國旅行一次的辦法勉強度過的。

退休時的父親，恰逢台灣經濟發展到暴富的階段，出國觀光遂成爲那個時代最風靡的

「群眾運動」。

這一類旅行，多由商業旅行社與航空業、旅館業和各類商品行業掛鉤，聯合推銷，其設計均以異國情調與名勝古蹟爲號召，對象是社會上略有餘錢但心情煩悶又渴望新鮮的小市民，把他們組織成一批批白癡參觀團，讓他們跟隨毫無素養的小混混導遊，在風景明信片似的虛僞世界裡，浪費掉所剩無幾的歲月。

美國人的五十年代早已玩透這套遊戲，任何一個中產階級上下的家庭，翻開他們的櫥櫃和儲藏室，保險發現滿坑滿谷的廢物，全是這一類旅行中收來的所謂「紀念」。

這就是現代消費文化提供的「觀光旅行」，標準的商業傾銷產品。旅行失去原味，與人類探索新世界、開拓新天地的原始活動毫無關聯，不過是花點錢，觀看擴大了的西洋鏡。

觀光如今已經成爲「工業」，不少人認爲，由於沒有煙囪，這種「無污染」的工業值得提倡推廣。

七十年代以來，「發展」成爲新的宗教，稍有「觀光」資源的發展中國家，對於這門生意，無不趨之若鶩。到今天，觀光旅行及其相關部門（包括淫業），已經成爲最早實現全球化指標的大企業，觀光文化也普及全世界幾乎每個角落。別的不談，就以這種通俗文化中不可或缺的紀念品買賣而言，我這次旅行所到之處，從聖彼德堡到赫爾辛基，從愛沙尼亞的小城塔寧（**Tallinn**）到前東德的造船中心羅斯托克（**Rostock**），小攤上和禮品店裡的商品，一半以上在中國大陸製造。

觀光文化其實已經「超市化」了。

父親開始這種觀光生涯的頭一、二年，興緻相當高，每到一地總要給我們寄明信片，並千叮萬囑，要我們替他保留當地的郵票。明信片之外，還寫長信，都是標準的遊記體，興奮之情溢於言表。不到兩年，刺激逐漸減溫。感想不見了，明信片和信都省了。我也曾打電話詢問，他的答覆也在意料之中：「千篇一律，有點無聊！」他說。然而，不到半年，他又參加了另一個旅行團。

台灣經濟起飛，土地大幅增值那一陣，城郊農村區出現了大批一夜致富的暴發戶。據說有人問一位參加羅馬之旅的財主老太太，竟得到這樣的答覆：

「不好玩！每天帶我們去看破房子！」

這一次，我眞是見識了不少破房子。

涅瓦河（Neva）兩岸，彼德大帝雄心勃勃，夢想在一個世代內，把野蠻落後的帝俄，改造成文明先進的西歐。羅列岸邊的雄偉建築，包括文藝復興以來各種典型的風格，至今仍連棟成片矗立，只是，無論是教堂、宮殿、圖書館、博物院還是辦公大樓，大都年久失修。其中少部分，由於去年是聖彼德堡建城三百年紀念，經過一番洗刷重建，勉強看得出當年的氣象萬千，但整體城市乍眼望去，彷彿仍然在蘇維埃制度長達七十年之久的重壓下，顯得灰暗破舊。

列寧和史達林的雕像不見了，帝俄時代的老一批英雄人物又躍上枱面。可是，我相信，包括普亭在內，沒有人知道，俄羅斯如何再走向它已經失去的偉大。

在琳琅滿目的艾爾米塔斯（Hermitage）展覽廳裡行走，我感覺自己正走上自己曾經嚴厲批評的父親走過的老路。

艾爾米塔斯是音譯，有人意譯爲隱士廬，還有人乾脆稱之爲冬宮博物院，因爲目前構成整個博物館的各大建築之中，實以原屬羅曼諾夫皇族冬季住宅的冬宮爲主。冬宮建於一七五四至一七六二年間，彼德大帝的女兒伊麗莎白女王任命法國建築師拉斯特列里設計。一七六二年，凱薩琳二世繼任沙皇，一面重修內部裝潢，一面構思供藝術品收藏之用的小艾爾米塔斯和大（一稱舊）艾爾米塔斯（建築於一七八三至一七八七年），並在冬運河的堤岸，緊連舊艾爾米塔斯處加建一排敞廊，名爲拉斐爾。今日所見的整個博物院建築群，要到十九世紀中葉尼古拉斯一世在位時（也就是托爾斯泰小說《戰爭與和平》所描寫的時代之後），才告全部完工，其中又增加了一座艾爾米塔斯戲院，並在戲院與舊艾爾米塔斯之間加蓋了一座橫越冬運河的優美拱形跨廊。一八三九年，尼古拉斯一世下令興建新艾爾米塔斯，一八五二年完工後，正式成立了對外開放的藝術博物館，尼古拉斯二世曾舉行盛大的開幕儀式。

艾爾米塔斯確實是偉大俄羅斯的驕傲，建築群本身就已足供我們花上幾天時間觀察欣賞，何況其中還有帝俄時代至今多少代有心人收藏管理的三十餘萬件藝術品。據說文藝復興以來的西方藝術品，艾爾米塔斯的收藏僅次於巴黎的羅浮宮。這個珍貴的收藏始於一七六四年，凱薩琳二世於當年向柏林商人科茲索夫斯基收購了兩百二十五幅油畫。所以每年十二月七日的聖凱薩琳日訂爲艾爾米塔斯日。

從一七六四年算起，艾爾米塔斯歷經兩百四十年的滄海桑田，一九一七年的十月革命，布爾什維克的工農兵革命軍曾以冬宮爲攻擊目標。二戰期間，希特勒的砲火也曾猛襲。蘇維埃政府爲了挽救自身的財政危機，竟將館內珍品送往國外拍賣。不過直到今天，艾爾米塔斯躲過了一切災難，摧毀的建築重新修復，損失的藝術品又得到了補充。

目前的艾爾米塔斯共分以下展覽廳館：東歐、西伯利亞文物考古、古希臘羅馬、西歐藝術、俄羅斯文化、東方世界藝術文化、古錢幣、軍械庫等，此外還有梅尼希科夫宮殿和學術圖書館。

介紹到這裡，讀者應可想像，一個眞正的旅行者，面對著人類歷史上如此重要的一座寶庫，應該以什麼樣的心情並花上多少時間來參觀學習。有人說，光是該館收藏的藝術珍品，每一件前面停留三十秒鐘，就得九年半才能全部看完。

聖彼聖堡是這次遊輪觀光旅行停留最久之地——兩天。除了艾爾米塔斯，觀光巴士還帶領我們參觀夏宮（Summer Palace at Peterhof），欣賞俄羅斯的民族舞蹈並遊覽聖彼德堡的城市風光與複雜水道（聖彼德堡又名北方威尼斯）。留給艾爾米塔斯的時間，扣去路上來回，一共不到兩小時，我略微計算了一下，在一間收藏了荷蘭大畫家倫布蘭（Rembrandt，一六〇六～一六六九）七幅重要作品的展覽廳裡，我們那位資料背得滾瓜爛熟的年輕貌美女導遊，一共只花了二十五秒時間介紹，還沒等我看完一張畫，便率領大隊人馬在擁擠不堪的人群中，衝向另一間金碧輝煌的展覽廳去了。

艾爾米塔斯出來，我們的參觀團被導遊領去紀念品商店，剩下一些人在皇宮廣場上忙著拍照，我獨自站著，腦子裡出現的，不是歷史也不是文物，卻是我父親晚年寂寞觀光的灰色影像。

蛋頭

好久沒有蛋頭的消息了，最近因爲台灣選舉，海外人心隨之激盪，朋友之間的聚會，總離不開這個話題，所以，有人提到他的最新「名言」時，不免又讓我吃驚一次。

在我歷年交往的三教九流朋友當中，要說「語不驚人死不休」這一條，誰都知道，蛋頭的功夫，允稱第一。但是，爲什麼平日沉默寡言，一開口便震驚四座？其間的祕訣，我敢說了解的人不多。

我是曾經躬逢其盛的。

有一年，我們在紐約的哥倫比亞大學開大會，選出了一個四人小組，負責撰寫《宣言》。那是我跟蛋頭第一次「共事」，也是我第一次領略他的「功夫」。

大家都是課餘鬧革命，還有人，像我，是從三千英哩外趕來的，當然希望儘快定稿。除了會後還有不少地方得去串連，「家」裡也早就催著我早些回去，那邊待辦和該辦的事多著呢，形勢每天都有變化，「大會」不過是爲了彼此溝通一下，抓出主要的綱領，定個調子，「宣言」的作用不過如此，眞正具體執行，還不是要看各地的實際情況。因此，在我心目中，寫《宣言》多少是表面文章，其他人的想法也大致如此，總不能字斟句酌，因噎廢食，把它看成披肝瀝血的《出師表》或千秋大業的《共產黨宣言》吧！

然而，哈佛大學的蛋頭老兄，眞不好纏，我花了四十分鐘寫出來的初稿，被他從頭到尾批得體無完膚不說，他甚至引經據典，祭出了中共中央針對蘇修的九篇評論，要求我當眾表態：

「你依據什麼方針？

遵循什麼路線？

奉行什麼政策？」

三句問話，咄咄逼人；問話的重點，針針見血。小組討論，變成了他對我的思想批鬥。

我只好投降了。然而，蛋頭說：

「你這是什麼態度？大是大非面前，豈容矇混過關？」

就這樣，翻來覆去，徹底整了三天。那是我這輩子寫得最痛苦不堪的文章，心力交瘁之餘，《宣言》體無完膚。憑良心說，也是我這輩子最爛的文章。所以，恕我藏拙，那篇《宣言》的主旨與內容，就不提了。

那次與蛋頭交手的受驚經驗，讓我有意跟他保持了一定的距離，到我們再次相逢時，時移勢易，已經是天安門事件之後了。

蛋頭是一位歷史學者，出身東海大學，因爲成績優異，獲得了哈佛燕京學社的獎學金。革命那一陣子，他正在寫他的博士論文。

聽說他的論文主題是「毛澤東思想」。這倒不算稀奇，因爲那個年代，美國的新漢學界也在颳革命風，各種奇譚怪論紛紛出籠。舉例說，我在柏克萊政治研究所的一位洋同學也選了同樣的題目，只不過，這位洋同學的研究方式有點驚世駭俗。他從西岸各大校園內外的學生和街民革命組織中挑選了一批自認爲最「毛」的激進派革命者，請他（她）們按不同的頻率和劑量，服食不同的迷幻藥。除了精密記錄這批志願白老鼠的行爲和身體反應，並設計問卷，進行面談，搞出大量統計數字，最後則詳細分析，整理出迷幻藥與毛澤東思想以及革命行爲之間交互作用的複雜關係。

蛋頭的論文，熬了十幾年，始終無法通過，據說是因爲他的觀點與立論過於「正宗」，缺乏創造性。

在美國學院裡混過的人都知道，尤其是涉及人文和社會學訓練的漢學界，洋教授中文底子差，而中文底子深厚的華裔學生，則每每受到「想像力」不足的負面評價。蛋頭的困境，我倒是挺同情的。

也就是因爲這種同情，我們之間才有了第二次「共事」的可能。

「六四」之後，有家新聞週刊向我約稿，我提議給他們開一個每週一次的專欄。爲了豐富專欄內容，減少壓力，我出面組織了一個寫作班子。四個人，四個專業，政治、經濟、社會、文化，因此每週出現的文章都有面目一新的效果。這個構想，雜誌總編非常贊成，我於是開始羅致人選。

「政治」方面，我約了蛋頭。

蛋頭的博士學位終於沒有拿到，考了一個教師執照，在波士頓近郊的一間中學裡教小孩數學混飯吃，處境顯然相當委屈，接到我的電話後，欣然同意。

「六四」之後，大家的想法都起了劇烈變化，約蛋頭寫「政治」稿，我也經過深思熟慮的。

蛋頭跟我屬於同代人，那個時代的東海大學，人文、社會方面可以說是濟濟多士，尤其是徐復觀、牟宗三和張佛泉，門下弟子不乏頭角崢嶸的人物。而當年的大度山，彷彿與世隔絕，儼然有名山學院宣道濟世的古風，在台灣冷冷清清的文化學術圈子裡，形成了一種新儒學與自由主義奇妙結合的風氣，令人刮目相看。蛋頭活躍其間，耳濡目染，自不在話下。我所以信任他，自然是因爲這個背景。

此外，又聽說蛋頭的博士業不幸失敗後，不但沒有消沉，反而發憤圖強，開始深入鑽研當代顯學。韋伯之外，哈伯瑪斯、德希達、李維史陀等新典範，無不精通。

以這等修養功夫，每個月寫篇兩千字左右的政治評論，豈不是牛刀小試？

第一篇稿寄來後，我頗為吃驚。

題目做得很大，大到像篇博士論文。分析的方式又有點奇怪，似乎只要把一些思想界大牌的名言精句摘錄出來，讀者就自然心服口服了。至於推理的邏輯違規跳躍，更給人「大師說話不必按常理出牌」的印象。而最嚴重的還不是這些。我從來只對蛋頭的「口頭言論」有印象，他的文字無緣拜讀，這次一讀，老實話，我眞的慌了。這種文字怎麼可能白紙黑字印出來？豈不是專欄一出現就砸招牌了。

為了挽救專欄，我跟另二位欄友，花了整整一晚，大膽增刪，終於硬著頭皮把稿子發出去了。

兩個星期後，接到蛋頭的電話，口氣挺溫順。

「想不到這份雜誌的編輯，水準還不錯！」他說。

然而，三篇大作之後，蛋頭宣布停筆了。他老婆給我老婆打了個電話。

「……家裡給搞得天翻地覆，他寫文章的時候，不能有一點聲音，要是不巧有個郵差、售貨員按門鈴，可不得了，桌椅掀翻、碗盤砸爛不說，簡直眼露凶光，要殺人了……。」

這一次，台灣立委選舉前，蛋頭的「名言」又有點新的扭曲。

「反動勢力想翻盤？哼！我們絕不答應！」

畫龍點睛之作，當然首推「我們」這兩個字。

什麼時候開始，在什麼樣的情境影響之下，蛋頭又從哈伯瑪斯與德希達的陰影裡跳了出來，變成了李扁革命團體的一員，卻是我無論如何同情，也無法想像的了。

草魚黃

老婆出門後，我意外地想起了老黃。

老黃是舊相識，但我們之間雖有過一段不尋常的交往，前後只不過兩、三年，而且，從認識他的那段日子算來，早已過去不知多少年了。這麼些年來，分手後再也沒有聯繫，到如今，甚至連他的生死存亡都不甚了了，為什麼忽然想到他呢？實在說不清楚。

可能因為自已久已不做單身漢吧。老婆一走，不到五天，屋子裡亂象紛陳，書報雜誌躺了一地，髒衣服成堆，廚房更成了重災區，垃圾桶滿溢，洗碗槽連手都伸不進去了。打開冰箱，再也找不到任何東西充飢解渴，無奈，只得把自己習慣的生活作業程序打亂，上超市去採購。

不得不認眞對待了。我問自己：老婆出差還有兩個禮拜，這段時日，該如何以烹煮最簡便、碗盤使用率最低和垃圾產出最少的方式度過難關？

忽然在貨架上看見了一排沙丁魚罐頭。

沙丁魚罐頭讓我想起了老黃。

那時候，我們都叫他草魚黃。

草魚黃來自台灣南部鄉下，卻有點南人北相的風味，皮膚黝黑，身材高大，他是大家都不甚了解因此也無法尊重的水產專家。

在早期的留美台灣學生圈子裡，有一個現在已經消失的現象：外省人總歸占絕大多數，本省人往往鳳毛麟角。

外省人多，可能有種種原因。父母來自大陸，到了台灣依然沒有定居斯土的心情與打算，反攻大陸又確實日趨無望，於是，費盡力氣送子女去美國，一時成了風氣。其次，外省人，尤其是中產階級的外省人，大多居住在都市地區。五、六十年代的台灣，城鄉之間，尤其在資訊方面，天差地別，外省人子女的世界觀，自然更爲國際化。當年的國際化就等於美國化。

除了以上這些因素，本省人裡面，家境較佳者，以醫生和商人爲主，那個年代，上日本留學還是主流。

草魚黃的出身，顯然不屬於上述範疇，南部鄉下的農家子弟，所以能跑到美國來，全靠他修習的科目特殊，拿到了一筆不算少的獎學金。

因為這些緣故，草魚黃在我們那個圈子裡，就成為相當特殊的人物。

他的特殊，還有些個人因素。

首先，他的外表，讓大多數人覺得他很「土」。

在美國大學人人打扮得花枝招展的環境裡，他上下一身，永遠是台灣大學時代那套黃卡其布制服。南部鄉下長大，他那口濃重的台灣國語和近似日本人發音的英語，當然也就成了經常被取笑的題材。例如，Bar-B-Q 的時候，問他要不要French Fry 的同學，一定會說：「要不要Flencho Fly?」要他打開收音機聽音樂，一定會說：「草魚黃，打開拉迪魯，聽木錫可！」諸如此類。

然而，草魚黃從不以為忤，他永遠按照自己的習慣說話、辦事，尤其是在處理日常伙食這個問題上，突顯了最引人注目的特殊性。

他的獎學金包括學生餐廳供應的伙食，但他要求學校行政當局換發現金，理由是「不習慣美國食物」。他用這筆錢，買了一口鋼鍋、一根木瓢、一只海碗和一把湯匙。在我和他交往的那兩、三年裡，只要不是有人請客打牙祭，他的飯食永遠只有一道：沙丁魚煮稀飯，而且，早午晚三餐不變。當然，有時為了調節營養，他可能變換魚罐頭的種類，所以偶而會改用金槍魚、粉紅鮭魚、鮪魚和鯷魚罐頭，但沙丁魚因為價格相對於營養指數價格最合算，因此成為主食。素菜方面也有些變化，扔進鋼鍋時，除了紅、白蘿蔔之外，還有青菜，但那個年代，超市裡根本找不到中國素菜，只有早期廣東移民帶來的美國人稱之爲Bok Choy的那一種。

草魚黃的高大身材後來看上去的確有點臃腫，也許是澱粉吸收過多造成，但他的精力絕不比常人差，而且，他回國的時候，有人粗略計算，光伙食費就省下了數千美元。

草魚黃這個綽號倒不是因爲魚罐頭這種非比尋常的飲食習慣。我說過，他是位水產專家，他的研究主題是：養殖魚類離開原生環境易地養殖拒絕產卵或繁殖的現象。

說來難以置信，我跟他的友誼，就建立在這個非常專業的主題上面。

當然，我既非水產專家，對某些魚類改變環境後爲什麼失去繁殖後代本能的問題，也沒有多大興趣。

但我跟草魚黃兩個人卻是那個非常時代特殊小圈子裡同時被週遭的人側目而視的所謂「左派」。

我之所以被人貼上「左派」的標籤，倒是很容易解釋，因爲我不但經常上東方圖書館借閱大陸三、四十年代的所謂「禁書」。而且，每次上圖書館的期刊閱覽室，總是先找最新的《北京週報》、《人民畫報》、《光明日報》等「匪」刊「匪」報翻看。閱覽室讀報刊的地方是個毫無遮攔的大長方桌，誰看什麼報刊，別人一目了然。加上公開聚會場合，我的言論也經常不太顧忌，劉某人「左」傾了的說法遂漸漸傳開，雖然直到今天，我從不認爲自己是個馬克思主義者。

草魚黃的「左派」標籤卻有點不可思議。我實在不明白他爲什麼會被人「打」成「左派」。他從不閱讀「匪」刊「匪」報，對人文、社會科學的創作與理論也毫無興趣，他一天到晚只是埋頭在他的實驗室裡。除了他的專業，歷史、文化和政治，他是不聞不問的。

我唯一能夠想到的是，有幾次聚會，我大放厥詞之後的冷場中，他曾經出人意表地說：「那姓劉的講的卡有對！」

也許，他那個綽號的源起，可能成爲他有意通「匪」的證據。

那個年代，台灣的養殖魚類中，草魚是個不大不小的難題。草魚原產地在大陸，台灣的養殖草魚總是過不了一代，因此每年要花很高的成本間接從港澳進口大陸的草魚苗。草魚黃的最大志願，也就是他的研究宗旨，不外是要突破這個不大不小的難題：如何讓易地而活的草魚下蛋傳種，好爲台灣的水產養殖業節省開銷。

有一次聚會，他忽然主動宣布：「人家解決了！」大伙瞠目結舌，不知道他爲了什麼如此興奮。草魚黃卻從此得了這個綽號，因爲他解釋：學術刊物上發表了一篇論文，廣東某個單位解決了草魚易地繁殖的難題。並表示，有機會的話，他一定去廣東留學。

此後，他便不時來向我討教，大陸的社會主義制度與生產實踐和科學實驗如何相結合的問題。

老實說，我那些一知半解的答案，肯定對他沒什麼幫助，但也就因爲這種交往，我們在人們心目中，竟然成爲一對親「匪」的「左派」。

草魚黃回台後，我還接到他兩封來信，大抵明白，他回到了工作崗位，在南部一家水產試驗所任職。時移事遷，我的生活也有了變化，彼此就這麼斷了。

台灣的草魚養殖業後來確實解決了易地繁殖的問題，這個重要的突破，是否出於草魚黃的貢獻，我卻毫無所知。

現在回想，跟草魚黃的那段交往，最值得回味的，竟然涉及今時今日鬧得離譜的所謂「族群矛盾」這個人爲的迷思。我跟他，雖處於充滿偏見的環境中，卻能推心置腹，毫無罣礙，其中別無奧祕。當彼此的關心遇合時，矛盾便像太陽下的冰塊，傾刻消失於無形。我相信，不論他今天在哪裡，做什麼，一定會同意我的結論。

老婆來了個長途電話。

「這幾天，吃些什麼呀？」

「沙丁魚國寶米煮粥！」

我據實上報。

「喲！想不到，還眞會動腦筋呢！」

她說。

吳嫂

大概三個月以前，有天晚飯後，正準備泡杯茶，懶一懶，翻翻早晨買來還沒來得及看的中文報紙，以打發這段既不想上書桌又不願完全浪費的時間，電話鈴突然響了。

那頭傳來老胡略顯不尋常的聲音。

「應該跟你報告一下，」他的語調帶些歉意，似乎還有點說不出口的尷尬，「我太太叫她走路了，不好意思……。」

老胡口裡的那個「她」，是他們叫吳嫂而我們家習慣叫吳指導的小吳。

當然，現在可能沒人叫她小吳了。她恐怕已經過了中年吧。

差不多二十年前，我們全家熱中乒乓球那陣子，第一次見到小吳。

那時的小吳，體態剛硬穩健，身手靈活敏捷，年紀可能接近四十，感覺上卻像二十四、五，肯定是長期運動鍛練的結果。

從五、六歲開始，小吳就給學校的體育教練看上，當成苗子，長期培養。小吳的父親曾經是國民政府不大不小的官，思想上雖然無法接受自己的女兒打一輩子乒乓，但爲政治形勢所迫，只能接受安排。小吳倒是挺爭氣，從校隊打到市隊，又從苗子變成尖子，最後給選拔進了省隊。

一九六五年，小吳的生命到達巔峰狀態。那年春天，北朝鮮國家隊來訪，十五歲不到的她，以模倣匈牙利橫拍兩面拉強力弧圈的打法，連宰三員當時世界排名頂尖的朝鮮直拍選手，震動了中國乒壇。

國家隊派人來親自考察。

小吳的家庭出身限制了她，耽誤了她的前程。後來雖然進了國家隊，卻只能以模倣外國選手爲特長，專爲培養國家隊對付外國弧圈選手的直拍戰鬥力獻身，當了十幾年陪練員。

文革期間，她的出身更成了無法擺脫的原罪。

乒乓球運動員變成政治運動員，每有批鬥，必然受盡折磨。她的過硬技術功夫，成爲保命的唯一依靠。

那天下午，在馬里蘭州舉行的美國乒乓球公開賽大會上，我們全家坐在觀眾看台上休息。忽然看見一位女教練帶領兩名十歲左右的少年乒乓手練球。

少年球手的身段極爲熟練，打法跟我們習見的美國小孩完全不同。手的動作簡單快速而有力，步法更叫人大開眼界。十歲小孩在攻守左右兩方照顧的範圍，幾乎達到專業標準，併步、墊腳加上大跨步，做起來如此自然，彷彿本能。

更搶眼的是教練的餵球功夫，不論接球者的身體落在什麼位置，她餵的球，總是適時而恰到好處地送到那個有待加強的落點。

說我們一時「驚爲天人」，毫不過分。

因爲我處心積慮爲我家老大找教練而始終不得其人已至少兩年了。

那次跟小吳結緣完全是我主動。算起來，到今天，這個難得的緣分已經快二十年了。

小吳是藉「改革開放」大潮第一批以「商業考察」名義跑到美國來的大陸中國人。一直到今天，她還沒有取得合法身分，始終是個黑戶。

在美國官方的記錄上，她就是所謂的「無證明文件的非法移民」（undocumented illegal immigrant）。屬於這個範疇的「黑人」，據說以百萬計，主要是來自墨西哥和中南美洲按季節流動的「客工」（migrant worker）。每一年，到了葡萄、生菜等農產品成熟的季節，就有大批客工湧入，季節一過，這些人就不見了。也許有少數「衣錦還鄉」，但絕大部分都留在美國，填補就業夾縫，做一般美國人不願做的工作。

近年來，「客工」的內容有所變動，增加了大陸偷渡或合法入境非法居留的大批人口。來自大陸的這種「無證非法移民」，如今已氾濫於東西兩岸大都市的就業市場。他（她）

們的來美渠道基本只有兩條：偷渡者靠蛇頭安排，除了付出巨額傭金，還必須冒生命危險。抵美後的勞動也靠蛇頭組織，往往要三、五年才能還清欠債。舉例說，被安排到「血汗衣廠」工作的婦女，車一條拉鍊的工錢是五分美金，一小時車二十條（三分鐘一條），一天幹十六小時大約可得十六美元。依此估計，一個人的偷渡費，大概相當於縫五、六十萬條拉鍊的勞動。

另一條渠道，也就是小吳走的這條路，叫做「商業考察」。找一家公司開個假證明，繳納一定數額的經濟擔保，取得美國使領館的商業考察簽證，買機票合法入境。

當然，入境之後的這些「商業考察團」，很快便化整爲零，不見蹤影。其中有親友可以投靠的畢竟是極少數，其他絕大部分便開始了流亡打工的生涯。

只要往大都會地區的華埠職業介紹所去探一眼，便可以發現，每天擠得水洩不通的人群裡，百分之八、九十都是來美「商業考察」而自動轉爲「黑戶」的中國人。這些人裡面，雖然大多數的教育程度不高，但受過正規醫藥、工程、會計等專業訓練的也爲數不少。他（她）們追求的職位，由於自己沒有身分，因此與所學毫不相干，只能找勉可糊口的零碎工。

小吳的經歷可能不算典型，因爲她有一項與眾不同的專業——乒乓球。

我曾經請她到家裡住過一段時間，專教我們老大。老大十五歲時代表美國參加國際比賽，這個成就，沒有小吳的指導，是不可能的。

但是，小吳擔任「指導」的時間並不很長，收入也極爲有限，這都是因爲乒乓球在美國這個體育王國毫無商業價值的原故。

離開我們家以後，吳指導又在幾家熱心乒乓球的中國人家裡任教過，每家三、五個月不等，基本上無法有安定的生活。

二十年的旅美生涯中，眞的像個專業「指導」（「指導」一詞是中國乒乓界對教練的尊稱）只有一年。

那一年，幾個朋友籌了一點資金，幫吳指導在華埠不遠的地方租了個地下室，開了一間乒乓球俱樂部。不幸的是，不到半年，對門又開了一家韓國人的俱樂部。韓國人資本大，又有黑社會撐腰，附設的彈子房拉走了大批生意，吳指導的俱樂部無法競爭，半年之後倒閉了。

失去俱樂部的吳指導，有一段時間，避不見面。其實，我們幾個出錢的人，也沒有人指望她還債。不過，大概就是從那個時候開始，吳指導變成了吳嫂，她開始出入華埠的職業介紹所了。

一年以前吧，忽然在華埠超市巧遇，她給餐館炒了魷魚，正在尋工，要不是她臉上那塊小時候練球撞到桌角留下的疤痕，幾乎認她不出來。變成吳嫂的小吳，已經有點龍鐘老態了。

老胡家恰好需要人，照顧他的八旬老母，我便把她介紹給老胡做管家，總比每天雙手泡在滾水裡洗刷成千上萬的碗盤好點吧。她那雙有過超人技藝的手，我注意到，完全毀了。

電話裡的老胡還支支吾吾地解釋：

「……我太太說她手腳不太乾淨，我相信是誤會，既然鬧成這樣，我總不能不站自己老婆一邊吧？」

我一直在等吳嫂的電話，都快三個月了，音信俱無。她是個沒有地址也沒有電話號碼的人。

何方

小剛的聲音，即使在電話裡，也顯得興奮異常。

「快看！」口氣幾乎像命令，「第二七七台，這小子冒出來了……。」

第二七七台是專放旅遊資訊的冷門台，我從來不看的。主持人正在訪問：

「告訴我們的觀眾，你怎麼轉入職業界的？」

他的英文，還是破破爛爛，聽在我這個中國人的耳朵裡，大概可以譯成這個意思：

「我一直想，人生的目的就是追求快樂，什麼事情能讓我快樂，就幹什麼，沒什麼好考慮的……。」

然後，他向觀眾舉起了一張支票，上面寫著：二十六萬七千五百三十二美元。

這就是他的獎狀了。

我不敢說，你一定見過這個人。但我相當肯定，在你我的生活圈子裡，像雨過天青忽現一道彩虹，像落日西斜紅霞似大火焚燒，這樣的一個人，遲早都曾出現過。

我甚至相信，在你我的靈魂深處，是否也埋藏著一顆小小的炸彈，或許正等待某一特殊的機緣或命定的時刻，來它一個驚天動地的爆發？

「人活著，不能老那麼循規蹈矩，得活出點味道來！」

那天，我們都在麻將桌上。說話的人，大姆指夾中指，捏著一張牌。他深深用力一搓。

「溜溜的……」他說，然後翻牌往桌面猛拍一記，「門清不求自摸大三元對對胡混一色外加槓上開花……。」

三家人白著臉付錢的時候，他丟出了上面那句名言。

我坐在他的下家，早就覺得他心懷不軌了。連續拆了兩搭一共五張條子，從頭到尾一張筒子未出，便注意著一張筒子不敢出。沒想到他的牌那麼瘋，居然自摸紅中開暗槓，又摸到了誰抓到手都不可能放的白板。

上家是號稱「賭徒」的現代派詩人。兩圈前，詩人自摸時犯了個錯誤。

「靠張！」他說，「應該算詐胡。」

兩個人就此頂上了。台灣麻將十六張有個規矩，爲了防範作弊，自摸的牌不准碰自己的牌張，否則就叫「靠張」。詩人堅稱不懂這個規矩，但他拒絕原諒。「老麻將不懂規矩，可能嗎？」他冷笑。

坐在他的上家，詩人自「靠張事件」後，惱羞成怒，寧願不胡也不讓下家吃到一張牌，但他的手氣太旺，誰也擋不住。

那天結帳，小剛輸得最慘，但小剛個性爽朗，依然談笑自如。不像詩人，徒有「賭徒」的名號。

這是十幾年前的事了。那一陣子，四個牌友，不時同局會戰，輸贏不算大，卻頗有些樂趣，主要原因，我現在回想，大概是由於他特別認眞，才讓消遣式的娛樂，一下子提高到運動競技的高度。不幸的是，這個每週一次的競賽，竟因詩人狡辯而他從此拒絕與詩人同桌而散了局。

其實，小剛第一次帶他來我家，印象並不很好。他自我介紹：

「上何下方，何方神聖的何方。」

「有點江湖氣！」我太太事後批評，「你跟這種人混什麼？」

交手一、二次之後，我卻覺得這個人有點特別。不止是眼光準，出張細膩，關鍵時刻，他表現了一般高手沒有的魄力。一般麻將高手，經常能做到大贏小輸，他的格局卻經常是大贏大輸。技巧嫻熟仍不能避免大輸，透露的無非是人與命運正面搏鬥的個性。我因此認爲，這個人，恐怕不只是個技術「高手」，反昇上了運動員的境界。

小剛說不定也有這種體會，散局之後的消息，過段時間便來個電話報告。

何方其實不是他的本名，取這麼個名字，不免有點挑戰的意味吧。他大概是一路從台灣混到美國的。出身軍眷區，也許從小學就開始混了。中學、大學大抵都是二、三流的學校，書沒讀好，卻紮下了深厚的麻將根基。究竟以什麼方式出的國，我到現在也弄不清楚，只知道他在紐約皇后區的地鐵站口開了一家糖果店。

所謂「糖果店」，紐約一般指兼賣報紙、雜誌（尤其是黃色雜誌）、日用必需品和樂透等各類獎券的雜貨舖，但又與「便利商店」不同，顧客對象主要是上下班搭地鐵的人潮，因此作息時間也必須配合，早上五、六點鐘便得開門，晚上七、八點以後，開不開都無所謂了。何方的業餘活動，通常就在七、八點到半夜一、二點這段時間。白天清閑時刻打個盹，精力也就補足了。

十幾年前娶了老婆，有人輪流看店，時間上得到了解放，野心也就更大了。

他報名參加了大西洋城賭場舉辦的麻將錦標賽。鏖戰兩天兩夜，居然從五百名參賽者中脫穎而出，正式封爲麻將王。

從此，何方的大起大落「事業」上路了。

據小剛報導，何方利用賭場贏來的錢，在那時剛要起飛的新華埠買舊樓翻新，轉手之間賺了幾十萬。又用這用這筆資金當賭本，出入大西洋城賭「百家樂」。

小剛說，有一次陪他去，當場看得目瞪口呆。

「籌碼一個是一千美元，出手以萬計，一晚輸贏總在二、三十萬上下……。」有那麼兩年，何方賭運亨通，賭場待之若貴賓，開始還用那種有電視和酒吧的大型黑色禮車接送，後來竟用直昇機了。

兩年之後，風水變了。禮車沒有了，直昇機沒有了，糖果店沒有了，最後，老婆也沒有了。

他怎麼又有能耐，像廣東人說的那樣，鹹魚翻身？小剛說，他也搞不清楚，只知道他現在不打麻將也不賭百家樂，甚至有段時間悔恨交加出入不絕的教堂也不去了。

他的新宗教叫做No Limit Texas HoldEm（中文名不詳）。這種撲克賭法近兩年來風行一時，從家庭消閒到大學校園到職業賭場，每天投入者以百萬計。一個人如果想玩，隨時可以上網。賭時每人發兩張暗牌開始下注，下注後再發三張明牌（叫做Flop），繼續下注後再發一張明牌（叫Turn），最後再發一張明牌（叫River）。所謂No Limit，意思是任何一次下注，賭者可以傾囊梭出（all in）。勝負決定於兩張暗牌與五張明牌的任意組合，牌最大者爲贏家。

據說這種賭博的協會努力了十幾年，始終上不了電視。近兩年發明了一個辦法，賭桌下裝上攝影機，賭客手上的暗牌，其他賭客看不到，電視觀眾一目了然，這麼一來，觀眾興趣大增，因爲可以看見職業賭客的現場反應、作戰技巧和心理變化，既富戲劇性，觀眾又有參與感。全美各大賭場由於電視收視率猛漲，廣告收入暴昇，投下大筆資金辦比賽。這兩年，一次比賽參加者往往數千人，最後冠軍的獎金，最高者已達兩百五十萬美元。

何方是第一次艱苦奮鬥成功，從幾千人的淘汰中勝出，進入了只剩七人的最後一桌。

小剛在電話中詳細描述了何方最後一戰不幸敗北的那付牌。

「他拿的是King Kong（即一對老K），對方是A、5同花。Flop出來的三張牌是3、4、K。他不動聲色，打埋伏，叫check（不下注）。對方可能會錯意，以爲他是一對小牌上陣，或最多一對老K，決定以自己的同花或順子潛勢打霸王戰，威脅他放棄，就魯莽梭了。他當然求之不得，三條老K哪有不上的道理？不料River出來一張小2……。」

何方以第三名出局，這場苦戰，賺進二十幾萬，應該算是「功成名就」了。然而，小剛說：

「我才跟他講電話，他說：『明天飛蒙地卡羅，下禮拜上巴哈馬，不得手鐲決不罷休！』」

手鐲是世界巡迴賽的最高冠軍榮譽，價值不過一、二百元。看來，幾十萬美元的獎金，忽有忽無，算不了什麼。那象徵世界第一的手鐲，才是何方的神聖彩虹。

輯四

花事

雖無一庭香雪

冬夜寂寥，何妨擁被高臥，閒讀宋詞解悶。宋詞纏綿，十之八九不離青樓紅粉、春花秋月，卻也偶有意外。

張玉田的詠梅詞《疏影》即其一例。「滿地碎陰……一庭香雪」，境界不下於林和靖的「暗香浮動月黃昏」。香雪所狀者，白梅也，已是形容的極致，而想像力更飛躍，色彩氣味之不足，竟聯繫到「麗譙吹徹」（高樓上的角笳聲音），和水底世界的奇譎詭異（珊瑚疑活）。賞花寫到此處，人格躍然紙上矣。

我住的這個地方，緯度相當於哈爾濱，香雪紅雲之類的想像，完全不切實際，只能關起門來，靠人造的環境，保留些許情趣，或可稍紓愁緒。

這個冬天，恰有三盆來歷頗不平凡而飼養極其費力的活物，多年奮鬥之後，居然不負所望，適時酬興開了花，值得一記。

第一盆，台灣的讀者應不陌生，所以先談。

藝名叫做「大石門」，實際上就是家喻戶曉的台灣土產報歲蘭，只不過葉色略有變化。

報歲蘭的拉丁學名爲Cymbidium sinense Willd。台灣習慣將Cymbidium音譯爲喜姆比地蘭。所謂喜姆比地蘭，其實是個龐大的家族，分布地域很廣，野生者約七、八十個種（species），從日本、韓國、中國大陸南方各省、台灣到東南亞和澳洲及新幾內亞，都有採集紀錄，且人工馴養已有上千年的歷史。蘭界通常將之分爲兩大類，東南亞及澳洲一帶所產者，植株高大，花色鮮艷但少有香味，俗稱虎頭蘭；而溫帶矮種的喜姆比地蘭，植株雖小，但葉姿優美而有花香，佳者有「香遠愈清」之名，甚至譽爲「香祖」，都屬於東亞蘭界通稱「蕙蘭」而台灣一律叫做國蘭的範疇。

報歲蘭是國蘭的一種，葉肥大，暗綠革質而有光澤，近年風行的觀葉線蘭，不少名品都是報歲蘭的變種，其中最名貴的包括金玉滿堂、鶴之華、瑞寶等。前些年價值連城的達摩，我見過幾盆次品，看來也是報歲蘭的突變。

我手上的這盆大石門，可能是比較普通的一種，因爲葉藝尚未達成熟完美的程度，只能算是「初出藝」的階段。就線藝而言，有縞無斑，縞的線條則有銀無金，且多數葉片不很明顯，因此價格便宜。若干年前逛建國花市，五百元台幣買了三個頭一株，現在已經繁殖到八頭。

明明是尋常百姓家的尋常事物，爲何視爲珍寶，當然是因爲來之不易，其中又暗藏了感情因素。

美國農業部規定，任何植物進口必須事先申請許可證，並在海關檢疫之後才能放行。如果奉公守法，不但費時費力，還有全軍覆沒之慮，因爲檢疫噴藥劑量極重，蘭科植物鮮少生還。不得已，只好偷關漏稅。辦法是在回美前把植株從盆裡起出，洗乾淨根系並全株泡水約二十分鐘，再用最快的空運手段當做小包裹寄出。離台前一天送郵，抵美兩、三天後收到。剛收到的植株必然是脫水狀態，因此要搶時間急救，儘快入盆。我的經驗是，蘭花經此折磨，即使處置得當，也要一、兩年時間才能完全恢復正常。

報歲蘭以春節前後開花而得名，我這盆大石門，今年第一次開花，一梗僅六花（正常的應有十至十五朵花），現在元宵剛過，室內仍有花香。

窗台上並置的，還有一盆拖鞋蘭，花色紫紅，一梗四朵。

紫紅的花不足爲奇，但這盆拖鞋蘭的花唇特別，不像拖鞋，卻像芭蕾舞鞋，且兩片相反方向上下生長的花萼，遍布紫紅線條，若網狀血絲。拖鞋蘭一般是一梗一花，此株一梗四花，因此也不尋常。蘭花花瓣通常三片，下面一片轉化爲蘭舌。蘭科植物因多爲蟲媒花，蘭舌往往成爲昆蟲往來的停車場或起落站。拖鞋蘭的舌所以演化成這種奇怪的形狀，可能有殷勤留客以保證完成傳粉的用意。左右兩翼的花瓣，在拖鞋蘭中變化神奇。有一個種，原生地在婆羅洲，花瓣變成了兩條旋轉下垂的絲帶，達兩英尺左右。這個種叫做Paphiopedilum sanderianum，近年慘遭羅掘，已經列入瀕危物種名單。我曾在台灣的商業蘭園裡看到過，價格不菲但還不到買不起的程度，所以沒有動心，主要是此物如在美國海關查到，不但罰款可觀，還可能要坐牢。

我這株是百分之百合法，在賓夕法尼亞州一家專營稀有蘭類植物的蘭園買到的，是一株雜交種，名叫Paph. Leroy Booth（Kolopakingii × Susan Booth）。

Paphiopedilum這字共六個音節，唸起來詰屈聱牙，美國人一般只稱Paph。Kolopakingii 是一個種名，Leroy和Susan顯然是一對夫妻，因此，這盆花看來是紀念一對夫妻的愛情結晶了。

拖鞋蘭這個名稱，因形似而通用，其實也不好聽，前人有譯爲仙履蘭者，大陸學界則直稱兜蘭。整個蘭屬共約五十個種，遍布東南亞。由於近年商業價值高，雜交的品種已成千上萬，普及程度僅次於蝴蝶蘭和加德利亞蘭。更由於品種改良的關係，此花花期常達三個月左右。

最後要談的是近來頗爲自豪的一項意外成就。

若干年前，全家赴佛羅里達州旅遊，歸程前一日，參觀了幾家蘭園。其中之一的園主人是位退休老人，也許是急於將遺愛留在人間，臨別時對我兒子說：

「敢接受挑戰嗎？這盆送你，如果能讓它開花，下次你爸爸買任何東西都打對折！」

不用說，這個「它」，不久就到了我的手中。

這是棵頗不平常的植物，學名叫做Bulbophyllum mastersianum，原始生境在印尼東北部的摩鹿加群島。Bulbophyllum的中文正式譯名爲石豆蘭屬。這種蘭科植物分布遍及全球亞熱帶和熱帶，可能是蘭花家族中最大的一支。一九六五年倫敦Faber and Faber公司（T. S. 艾略特曾主持過）出版的《蘭花百科全書》指出，這個屬共有兩千多個種，那還是一九六五年以前的調查。

然而，這種蘭在商業蘭界並不吃香，主要是它們的花長得不好看，其中一部份還發出強烈刺鼻的不快氣味。

石豆蘭在我這裡過了五、六年養尊處優的日子，始終不動聲色。我遍查群籍，絞盡腦汁，它卻只長葉不開花。

爲了複製想像中的摩鹿加群島的山林環境，我想方設法提供了力所能及的各種條件。光照用的是日光燈，濕度由每日晨昏兩次噴霧提供，空氣流通有電扇，氣溫升降由於長期留在室內也避免了暴冷暴熱，澆花用水直接從水族箱內抽取，既去氯氣，又降低鹽份，而且還附送一些有機營養物，它老兄五年如一日，完全無動於衷。

今年春節後第三天，道理根本無從推想，它居然抽了花芽，開了一朵花。

這花直徑約兩英吋半，花瓣十五枚，花心赤紅帶茸毛，環狀排列如自行車輪鋼絲，四面八方放射。由上往下看，整體花形如大蜘蛛，並持續排出惡臭。

有位熱心算命的朋友告訴我，今年是雞年，你將行大運。

自揣無能無德，所謂大運，怕不就應在這無端花開非同小可的大蜘蛛上面！則一庭香雪雖無緣，亦頗堪自慰了。

花事無須了

這次大妹來紐約，一償宿願，在我的無果園看到了一百五十朵各色牡丹盛況空前的爭春場面。此外，趁風和日麗，共遊了附近六個名園和大小規模不同、選材各異的六個苗圃，擴大了眼界，豐富了知識，激發了雄心壯志。從初春到仲春，不過三個禮拜時間，豈止賞心樂事，簡直等於一場園藝的密集教學惡補。甘迺迪機場話別時，她充滿信心預告：下次來台北，我的天台花園，保證教你刮目相看！

台北地處亞熱帶，幾無四季之分，花事應無了期。即便是天台花園，空間或許有限，但如設計周詳，一年到頭都可以人爲製造「花事」，只須稍識各種植物的天然開花期，預爲配置。進一步的技巧更可以錦上添花。植物開花的習慣，大多與光照長短有關。光照的長短，隨季節變化，植物爲了繁衍後代，從中取得信息，選擇對自己最有利的時間，完成生殖使命，這似乎已經成爲大自然的活動規律了。掌握了這種規律的人，卻可以進行干預，爲自己造福。

了解這一點，便明白爲什麼農藝先進的地區，一年四季都能吃到新鮮蔬菜，爲什麼情人節與母親節，雖不同季，玫瑰花卻能供應無缺。

多年前，我在美國蘭花協會的會員雜誌上看到一則廣告，遂按址開車到新澤西州西部去「尋幽探勝」。

當時正處於蘭花發燒階段，曾遍訪附近商業蘭園，什麼千奇百怪的蘭科植物都找得到，唯獨我們中國人最鍾愛的蘭蕙無處可覓。所謂蘭蕙，傳統說法是一梗一花爲蘭，一梗多花爲蕙，兩者同屬辛姆比第蘭類（Cymbidium）中的溫帶小種。美國人經營蘭園，對象以美國顧客爲主。辛姆比第蘭原產於東南亞，中國人俗稱虎頭蘭，花形大而色彩豔，植株形態壯碩而優雅，在此很受歡迎，甚至有人以之代替加德利亞蘭（Cattleya）和蝴蝶蘭（Phalaenopsis），作爲結婚喜宴的新娘花束裝飾，商用價值可想而知。

國蘭雖屬同族，風貌完全不同。植株小，葉細長，花也不顯眼。中國人愛這種蘭，一半是文化傳統一半是審美品味。國蘭的細葉，半垂半挺，似乎傳達了儒家剛柔相濟的理想個性，花色素淡則暗合中國文化的含蓄謙和風格。尤其是香味，自古即有香祖之名，在各種芳香植物中，極爲獨特，所謂「香遠益清」，類似茶與咖啡之別，故孔夫子說「蘭爲王者香」，不是拍馬屁的話，正確的解讀，應視爲民族性的歌頌之詞。在美國，除了華人和專業研究者，沒人對國蘭有興趣。

登廣告的商人原來是位於陽明山的大蘭園白雲山莊，也許是得風氣之先，早在全球化開始之前，便不惜工本，投下巨額資金，選派優秀幹部，到美洲來打天下。在距離紐約市大約一個多小時的偏僻地方買了一塊地，除職工宿舍外，一共蓋了八座現代設施齊備的玻璃溫室，並從台灣運來了大批國蘭，準備大力開拓北美洲的國蘭市場。

這個計畫雄心勃勃，可惜不到三年，不得不在現實面前低頭。前面說過，欣賞國蘭一半是傳統一半是品味，要想在文化上改造「異類」的習慣，絕非短期可以奏效。美國人吃生魚壽司，試驗薰陶少說也在三十年以上，大概直到《將軍》電視連續劇風靡全國之後，才開始站穩市場。

開車約二小時，終於找到了白雲山莊的美國分部。八個蘭房之中，七個已經沒有國蘭的蹤跡。落難的國蘭全部集中在貨倉一樣堆置的最後一個暖房中，我倒是找到了久覓不得的台灣四季蘭、報歲蘭、寒蘭、鳳眼蘭和觀音素心，而且，討了個便宜，等於半賣半送。

其他七個溫室，為了維持員工的生活，分部經理大膽創新，以當年聖誕節的花卉市場為目標，種下了數以萬計的聖誕紅。這種植物原生於墨西哥，十九世紀美國駐墨西哥的公使J. P. Poinsett（一七九九～一八五一）將之移種於美國，因此美國人叫poinsettia，這是一種大戟屬的開花灌木，又稱一品紅。

為了將開花期控制在聖誕節前，白雲山莊的員工利用光照長短變化的促花原理，用黑布人為縮短光照時間，一品紅才能名符其實地趕上佳期，成為眞正的聖誕紅。

「花事無須了」因此是個現代觀念。蘇東坡《酴醾花菩薩泉詩》有「酴醾不爭春，寂寞開最晚」句，除了人格自許，確也透露出，中國人早在宋代便已在園林哲學中發展出一種按照時序創造花事盛景不斷的觀念，故有「開到荼蘼花事了」的說法。跟十九世紀英國人在園林哲學中創造的多年生草花圃（perennial border）經營管理和設計的原則暗合。當然，英國人的多年生草花圃更要複雜得多，除必須愼選植物開花期以造成先後連續不斷的效果外，還要講究植株的高矮粗細，葉形葉色的匹配與花形花色的對照。

補充一點。

荼蘼花即蘇詩所謂酴醾，一名佛見笑，學名Rubus rosaefolius var. coronarius，俗名roseleaf raspberry，屬薔薇科。這種開花灌木我沒見過，據《辭海》介紹：莖綠色，有棱，生刺，羽狀複葉，小葉五片，上面有多數側紋，致成皺紋，初夏開花，花單生，大型，白色，重瓣，不結實而靠地下莖繁殖。

前面拉雜談到的一些想法，注意力的焦點都在「花」上。一個眞正的現代園藝愛好者，心胸還須擴大。

花是植物的生殖器官，為生命繁衍、種族繼承之所繫，故在色、香、形各方面爭奇鬥髓，務求傳粉者注意（好花多屬蟲媒花），自然是美的精華所在。然而，凡深入花道者，注意力絕對不會只在花上，植物全株的形態，植株的各個部分，葉、莖、皮、根與枝幹，皆有足供品嘗之處。東方人的盆栽藝術在這方面大有發揮，縮龍成寸而能創造蒼老古拙的趣味與意境，實因人在觀察大自然的經驗累積中，發現了一些基本的美學原則，例如古樹的樹枝，越接近根柢便越低垂，群植盆景則限於奇數植株等等。中國人和日本人大概都在植物的野生環境中發現了一種殘破美。常青木受雷殛之後，倖存者在受傷的軀體上重新生長枝葉，生死並存的奇態，竟引發人的想像，故盆景的製造，有斷頭剝皮彎枝的「做老」技巧。

回到台北的大妹很快又有電話來了。

「你上次回台北送我的那盆金碧相間竹，本來沒怎麼管它，這次回家看見，居然發了兩根新的呢……。」

看來，赴美「留學」沒有虛度，大妹的眼光，也開始從花走向無花的竹條了。她的天台花園，原來幾乎有一半地盤，都給永遠開花熱鬧得沒完沒了的矮牽牛（Petunia）占據著的。

山山蝴蝶飛

四、五月的春山，遠望嫩綠鵝黃，山邊斜坡上，常見一種落葉小喬木，從高大林相中伸出橫斜的枝枒，上面滿綴白花，隨風起舞，彷彿成串蝴蝶，由幽黯深邃的密林中浮出，奔向水晶澄澈的陽光。

剛搬到紐約郊區那一陣，發現附近人家的庭院裡，尤其在靠屋角的地方，時有栽種，花形甚至比野生者更大更挺拔。據說這樣的搭配，不僅家園爲之增色，家屋也顯得寬敞雅緻。而且，仔細分辨，除了白花品種，還有水紅與桃紅等深淺不同的類別。

美國人把這種花樹叫做dogwood。按字面義直譯，似應稱爲「狗木」，聽來不很順耳，形象也不符合，查字典才知中文本有個不錯的名字，叫「茱萸」。

「茱萸」之爲物，識者不多。主要是我們從小生長的亞熱帶台灣，可能根本沒有這種植物。或者，即使有，也是不同種（species）而同屬（genus）的開花灌木，與王摩詰重九登高憶山東兄弟一詩所說的「遍插茱萸少一人」的那個「茱萸」，恐非一物，跟我在此地見到的，差別就更大了。

原來「茱萸」一屬的拉丁學名爲Cornus，屬下有四十幾個種，自然分布地區以北美洲與亞洲東部的溫帶爲主。美洲常見且已通過雜交培養成庭園材料的，叫做Cornus florida，俗稱flowering dogwood（花茱萸）。紐約山林裡的野生種，全爲白花，據說要遠到加拿大才能找到粉紅花的原生種。交配改良之後，市面上可以找到許多新的品種，其中最名貴的紅花種叫「車洛奇酋長」（Cherokee Chief），白花者則命名「車洛奇公主」（Cherokee Princess）。還有一種變葉茱萸，葉色黃中透綠，花白，尊稱「第一夫人」（First Lady）。

除了花大色豔且隨風款擺時若蝶群振翅欲飛的優點，花茱萸所以能夠成爲與日本櫻和山楂花樹（crabapple）分庭抗禮的庭園觀賞樹，跟它的樹形和皮色也有相當關係。

首先是成樹的體形適中，二十年左右大致達到十五到二十英尺的高度，樹冠面積相若，而枝枒交錯扶疏，姿態不惡，故與日本楓、溫帶杜鵑高低相配，可以盡得風流。

此外，樹苗經三、五年的培養，主幹皮色開始發生變化，自然出現梭形、鵝卵形和菱形的裂紋，爾後逐年加深。尤其在初春細雨潤濕後，烏褐相間，如鱷魚之背，煞是好看。

東亞的茱萸，此間庭院也偶見一、二，不算普遍，植物園則大都聊備一格。主要是它只有白花品種，且花形較爲呆板，又在初夏開花，失去了春意昂然的意趣。東亞種的學名叫

Cornus kousa，園藝界俗稱中國茱萸或日本茱萸。這種茱萸的花較小，約一吋半至二吋，瓣尖而著花密，集中開在橫枝向上的一面，沒有花茱萸那種參差的輕盈體態。

前面為了行文方便，全用「花」這個字形容。其實所謂的四個花瓣，都是「葉」的變異，嚴格說，不是「花瓣」（petal），而叫苞片（bract）。眞正的「花」，形體很小，出現在四個苞片的中心。這個部分，到了秋天，結成漿果似的實，花茱萸的秋實鮮紅透亮如紅寶石，中國或日本茱萸的秋實也色紅，但形似覆盆子（raspberry）。兩種果實都是鳥雀入冬前的食物。

此外，美國庭園還可以見到寶塔茱萸（pagoda dogwood），學名叫cornus alternifolia，原生地在美國中西部偏北地區，故極為耐寒。這種花樹也不算高大，因枝枒分層生長似寶塔之形而得名，它最有趣的是冬天皮色發亮而帶紫，與皚皚白雪相映，別有滋味。

談到這裡，不能不講兩個故事。

先講中國的。

據說東漢時有個叫桓景的讀書人，追隨術士費長房多年，忽一日，費對桓景說，九月九日，你家有大難，趕緊回去，讓家人各作絳囊，內盛茱萸，繫於臂上，並登高飲菊花酒，可去此災。桓景如法泡製，晚上下山回到家裡，發現所有雞犬牛羊全部暴斃。這就是古代中國重九登高插茱萸飲菊花酒的習俗起源了。

不過，重九之日，相當於深秋天氣，絳囊之中，所盛的恐怕不是花而是朱紅色的漿果吧。至於漿果是否有避邪驅災的作用，不得而知了。總之，從唐朝人王維的詩中可以體會，插茱萸登高的習俗，中心意義似已不再是「逃難」，而以溫馨親情為主了。

再講一個北美洲原住民的故事。

前文提到，茱萸在美國的俗名不是叫做「狗木」（dogwood）嗎？這個不雅的名號原來帶有道德意義。

相傳車洛奇部落（Cherokee tribe）有一名酋長生了四個貌美似花的女兒，豔名遠播，好逑君子絡繹不絕。老酋長見奇貨可居，下令登門求教者必須獻上禮物，而四個女兒下嫁的對象，必須是禮物最豐厚的追求者。

此令一下，要不了多久，老酋長的帳蓬裡便堆滿了各色皮毛和珍寶。

然而，貪得無厭的酋長因此犯了天條，眾神震怒，把酋長化成一棵狗木，四個女兒也因此變成了這株狗木的四個苞片，而狗木的花（綠中帶黃），就是好逑君子所帶來的各色禮物了。

美國園藝界通過配種培育的名種，為什麼命名為車洛奇酋長和車洛奇公主，不難明白了。

搬進這個家之後的第三年春天，便花了當時相當於兩千字稿費的價格，買了一株車洛奇酋長的幼苗，如今，酋長已高出屋簷，雖然每年仍然開花，但始終達不到欣欣向榮的境界。原因是雜交種易受眞菌感染，往往一個冬天下來，便有枝條乾枯斷裂。眞菌感染每與植株本身是否健壯有關。花茱萸的葉，每天要求六小時以上的直射陽光，但根部卻喜歡潮濕的土壤，兩者之間形成了矛盾，成敗決定於定植地點的正確選擇。我初初投入園事，未諳此理，酋長所植地點，上有大樹擋去陽光，下面又往往乾旱缺水，因此直到現在，仍是一副受難模樣，不幸而似天譴餘生。

倒是在附近山上野林裡發現了原生種的白花茱萸幼苗。山上眾木參天，陽光不足，故成樹也從不見花。我費盡九牛二虎之力，先後移植了四株，如今皆已亭亭玉立。

每年四月下旬五月上旬，樹樹蝴蝶款款飛舞，彷彿四位無端受辱的車洛奇公主轉世，在我的無果之園，重享失去的如花美眷青春。

百日菊織錦

收到小林來信的那天，是個炎陽高照的午後，我正在院子裡忙著除草。除草的工作，說重不重，但也不十分輕鬆。尤其是在夏日滋長繁茂的百日菊花叢裡，原來相隔不到一呎的植株，已經連成一片，頂端開放的花朵幾乎綴結成盤，要除雜草，只得彎身下跪，匍匐前進。

這片花圃有三、四年歷史了，原來不叫百日菊花圃，曾經是百分之百的玫瑰園。中心點生長著高高矗起的樹玫瑰，四周分植著我多方收集的各色優種茶玫瑰和多花玫瑰。這是我處心積慮要在平民風的「無果園」內畫龍點睛的壯舉。

今年，山河變色，大地異幟，玫瑰園瓦解崩潰。

剛過去的那個冬天，酷寒異乎尋常，怎麼保護都沒救，三十株名種玫瑰殺掉了百分之八十，剩下不到十株，撥開冬防護根的堆土後，發現主幹潰爛逾半，即使抽枝發芽，也不可能旺盛如常了。

這是今年四月中旬的事。

創造百日菊花圃的決心，大概發生在那個時候，但它的胎動，卻又在去年八、九月間。應該說明一下。從貴族氣質的玫瑰園降落凡塵，變成了老百姓風味的百日菊花圃，思想上，有一個過程。

我這個院子，面積不算小，但除房子占地以外，四圍有各種先天原生和後天栽培的參天大樹環繞，院子基本上成了綠蔭覆蓋嚴密的盆地。太陽每天直射約二小時，其它時間都是斜射的過濾弱光。這種格局，限制了玫瑰的健康發展。玫瑰，尤其是屢經配種改良的優種茶，起碼要求每天六小時以上的陽光。當初設計時，並非忽略這些因素，總以爲勤能補拙，注意其它各方面的條件，或許仍有成功機會。

然而，人定不勝天。

此地緯度偏高而溫度偏低，適合玫瑰生長的季節，一年不到六個月，且空氣濕度大，病害除之不盡。經過三、四年的苦鬥「天災」之後，不得不改弦易轍。

玫瑰本來與貴族氣無涉，但我的玫瑰因爲逆天行道，勉強開花便顯得嬌嫩珍貴。這樣的成果，其實是違反我的園藝哲學的。

我的哲學有一條基本要求，我要我收養培育的生命儘可能發揚本性，一句話，我要它們快樂。然而，貴族是不可能快樂的。

百般呵護依舊扶不起來的貴族，遲早不免淘汰，國蘭經驗是另一例。

國蘭中，最喜愛的是一梗僅著一花的春蘭。不但香氣好，葉姿柔軟中隱現剛強，花形大而圓滿，尤其是宋梅、西神梅等品種，然而，歷年來屢試不成。春蘭適應能力有限，中國江南地方的氣候與環境，在我居住的地方無法複製，除非下大本錢，蓋玻璃溫室。可是，這又與我的哲學相抵觸。我不願見到手中的生命活在人工製造的環境裡。所以，到頭來，只有一個選擇——割愛。

去年八、九月間，跟一批球友到距此約一小時的一個半公半私的高爾夫球場打球。

也是有緣，那天的天氣異常美好，北溫帶的陽光，明亮而純淨，彷彿赤道高原地帶的天空，竟一絲雜質都沒有。

球友進入會所辦手續那十幾分鐘，我站在屋簷下，忽然眼前一亮。

在第一洞發球台的後方，約莫有兩公尺寬二十公尺長的一列花圃，密集生長著清一色的一種植物，莖葉肥碩，幾乎相互擁抱成一整床的綠色大團塊，而在這綠色大團塊的頂端，怕不有上萬朵各種顏色的花，混合成一片燦爛輝煌的織錦氈。顏色之鮮亮，遠超過十九世紀末的後期印象派點彩風景，簡直像吃了迷幻藥看見的熒光鑲嵌畫。

走近才發現，不過是極普通的一年生露地草花，英文叫做Zinnia，中文稱百日草或百日菊。

奇怪的是，我平日熟習的百日草，高不過一呎，莖細而葉薄，花色平淡無味，是相當平庸的切花素材。眼前的這個迷幻錦繡花圃，植株平均高度在三呎左右，

花形比常見的百日菊大上三、四倍有餘，而且除單瓣、疊瓣外，還有各種變化，有的堆砌成球如大理花，有的花瓣圍聚，若百褶裙，中間有峰起的雌雄蕊。

花大之外，顏色最叫人驚疑不止，幾乎沒有一朵花可以稱之爲正色，全像經過特意的調配與洗染，好像畫家爲了追求最炫麗奪目的效果，利用調色盤，巧奪天工創造出來的非自然色彩。

趁開球前的等待時間，向管理花圃的老先生請教，才知道這種百日菊確實不是普通品種，而是近年來雜交出來的新花樣，名字仍叫Zinnia，不過前面加了一個字：giant（巨形）。

巨形百日菊現在也已全面推廣，我幾經打聽，終於在一家專營花種的郵購公司的目錄上找到了。

四月初，四包種籽寄到，紐約天氣仍在乍暖還寒階段，不敢逕往戶外撒種，遂播於塑料盤中。一個星期後發芽，一個月以後，有眞葉五、六，主莖似黃豆芽而略粗，遂擇吉日，一一移種於玫瑰園。

玫瑰只剩七株，我也未予鏟除，尤其是其中一個大花品種，名叫「加利．格蘭」（不錯，

就是那位永恆的小生明星），花瓣形狀與顏色均屬上選，居然倖存，如今偶開花一、二，配在巨形百日菊的艷俗世界裡，自有奇趣。

花圃除草每三、五天便得堅持進行。爲了達到夢想中的富麗堂皇效果，曾新添十幾手車腐殖土於花床。這些腐殖土是社區提供的廉價產品，未經烘烤消毒，內藏野草種子無數，天氣越暖，發芽越快，生長也越茂，尤其六月初之後，氣溫上升到華氏九十度上下，跪地除草，每致大汗淋漓、腰痠背痛，十指抽筋。

小林信到，正是苦不堪言的狼狽時刻，遂以冷水洗手、淋頭，軟癱於花圃旁鐵搖椅上，飲冰龍井一大杯讀之。

小林是我近幾年返台時結識的文學朋友，他寫碩士論文，選了我的小說做題目，不時給我打電話寫信。收到的這封信卻比平日厚重得多，原來裡面附寄了另一位研究生撰寫的論文副本。

在如今也像我去年驚艷時見識過的一片五光十色令人暈眩的花壇邊讀著這本研究生的論文，有一種此身不在人間的怪異感覺。

研究生的論文也是以我的小說和散文爲討論對象。我看到別人下了不少功夫研讀自己現已差不多忘卻的作品，覺得自己變成了一幀遺像，掛在一個遙遠不可及的世界裡，寂寞苦笑。

特別是那篇論文的結尾，有點爲我請命的味道。論文的作者說：「像他（指劉大任）這樣長年努力求變的作家，又有這麼大的產量，『我們』是不是應該重視？並給予更高的評價？（大意）……。」

『我們』兩字的引號是我加上的。這兩個字，透露了一些可怕的東西。

我知道指導這篇論文的教授，是我曾有數面之緣的陳芳明，應該算是台獨運動裡的第一把文學理論家吧！

回頭望向那株一息尚存的加利格蘭。百日菊趁夏日炎炎積聚著虎虎的長勢，巨大的軀體相互擁抱成團成塊，先天不良後天失調的貴族遺老，終將被消滅於無形無影的命運，怕是難以避免的了！

殘雪燒紅半個天

朋友裡面，熱愛山茶花的有一位名人。讀過《樹猶如此》的人都知道，山茶花是白先勇的最愛。

早在一九八〇年，我曾到加州聖塔巴巴拉的先勇兄家裡去拜訪過他。那時他定居不久，新屋的院落正開始布置，他領我參觀，介紹了屋邊牆角新種下的各色山茶。

山茶這種植物，最爲人所知的品種，原產地在日本和中國的西南，尤其是雲南。西方人最早從日本移植，所以山茶三百多年前就到了歐洲。一七八六年，法國植物學家安德烈·米豪（André Michaux）在美國南方的庭園裡成功栽培了各種山茶，其中一個品種叫做「花之后」（Reine des Fleurs），紅底帶白色條紋的疊瓣花，至今仍然活躍於美國南方。

也許因爲西方的品種最早來自日本，山茶的諸多「種」之中，一般人都只知道一個學名，就叫做*Camellia japoniea*（日本山茶）。其實山茶是個大家族，常見的茶梅花，花、葉均略小，也是山茶的一種，叫Camellia sasanqua。家家戶戶飲用的那種「茶」，叫Camellia sinensis Kuntze。「sinensis」即指中國，「Kuntze」是命名紀念的人名。除此以外，屬於山茶（Camellia）家族〔植物分類學上稱「屬」（genus），即「種」（specis）的上級單位〕的植物，還有幾十個，例如中國庭園中常用來做爲山茶名花嫁接砧木的野山茶或油茶，都是這個「屬」的。

談到西方人向中國引種，不能不想到早期華路藍縷像探險家的一些人物。尤其是山茶的故鄉—中國大西南。最知名的大概要算蘇格蘭人喬治・佛雷斯特（George Forrest）。此公在十九世紀末二十世紀初，爲英國皇家植物園（Kew Garden）和民間熱愛園藝的富人，在中國尚未開發的西南山區，奔波忙碌了二十八年。就中國原生植物引入西歐的總數而言，無人能出其右。

還有一位奇人，法國人德拉偉（Jean-marie Delavay），本職是傳教士，但傳教的業績乏善可陳，他一生中最光輝燦爛的十二年（一八八〇年至一八九二年），即從四十六歲到五十八歲，全花在植物的採集工作上。

德拉偉沒有留下任何著作，也沒有人給他作傳，連法國的百科全書也無詳細記載，但西方園藝界倒是很記得他，因爲許多至今仍在育種上作爲親本的植物，學名中都有德拉偉的名字。

德拉偉一八三四年生於法國阿爾卑斯山的一個小城阿榜登斯（Abondance），一八六〇年授聖職（天主教），此後約有十五年的時間在廣東和廣西傳教。但關於他的傳教事業，天主教官方記錄不詳，只知道他曾經獻身於拯救和保護當時受難的大批安南婦女奴工。

德拉偉的植物採集事業可以說是事出偶然。一八八一年，他回法國休假，認識了巴黎自然史博物館專攻中國和日本植物的學者阿德利安．法蘭切特（Adrien Franchet），並答應回中國後為法國提供植物標本。

另一個偶然，可以說是歷史的偶然，給德拉偉打開了人生另一扇大門。

一八六〇年英法聯軍攻破北京城火燒圓明園之後，不平等條約方便了外國人深入以前不可能到達的內地。

當時的雲南還是中國的邊疆，全世界沒有人知道，那裡由於氣候適宜而地形複雜，成為各種奇花異草繁衍滋長的寶地。

德拉偉當時的傳教站就設在洱海邊，離今天西方青年一代視為香格里拉的大理和麗江不遠。

從大理到麗江，德拉偉在十二年這段對植物獵人（plant hunter）而言不算太長的時間裡，爬山越嶺，穿林過水，足跡所到之處，據一位俄國醫生布列貞雷德（Emile Bretschneider）一八九八年的報導（主題是歐洲人在中國採集植物的歷史），大概有五千四百平方公里。經他之手收集的植物標本，超過二十萬，其中包括四千多個不同的種（specis），而且有一千五百多個種，是西方人以前從沒見過也未經分類命名的新種。

除了中國的山茶，雲南獨有的杜鵑、玉蘭、鐵線蓮（Clematis）和芍藥等，最名震西歐的是一種藍色罌粟花（學名爲Meconopsis betonicifolia）。

標本之外，德拉偉又給巴黎寄上了花種，其中不少發芽生長，大大豐富了歐洲以至於全世界的園藝品類。

德拉偉可能是深入中國大西南的第一個植物採集人，雖然時間不算長，但因當時的雲南，對於西方園藝界而言，是個百分之百的處女地，因此而能在較短間內完成令人無法置信的大量發現。

可是，德拉偉的「發現」絕非「羅掘俱窮」。雲南寶地是地球上植物品類最豐富的來源之一，不下於至今仍未完全「發現」的亞馬遜流域熱帶雨林，所以還留給後人無限空間。

讓我們再回到山茶。

山茶在中國並不需要被「發現」，早在一千三百年前就有栽培紀錄，唐、宋以後更推廣到中國江南各地的園林。

雲南雖屬北溫帶，但氣候溫和，雨量足，空氣濕度大，土壤偏酸性，恰好是山茶最喜歡的生長條件。

我居住的地方，培養山茶難似登天，因此至今只養了一株在盆中，春夏秋三季必須找個半陰半陽的潮濕角落，入冬以前一定得收回屋內，否則隔年屍骨無存。此間的愛花朋友每問我，爲什麼山茶種盆中仍然養不好，枝葉不茂之外，還有落蕾的毛病，辛苦一年打了花苞，待要開花卻整頭落地。其實也沒什麼祕方，除了上述溫度、光照、濕度（百分之六十到八十左右）等條件，最主要應掌握土壤的酸度（PH值五．五到六．〇），和澆水。澆水太多或太少，都易引起掉蕾。山茶和雲南人的脾氣一樣，太冷太熱不行，太乾太濕也不行，雲南人是天生的中道信徒。

山茶在我們這裡實在不夠搶眼，難得開上幾朵。但雲南本地有關山茶的傳說完全是另一番風光。有所謂一樹萬朵，滿山紅雲的說法。

據說雲南山茶花型繁複，有喇叭型、玉蘭型、荷花型、薔薇型、蝶翅型和牡丹型等等，顏色則有純白、粉紅、銀紅、桃紅、紫紅、深紫和一花多色。品種經近年繁殖，已經以百計，常見的有獅子頭、早桃紅、牡丹茶、柳葉銀紅、大葉蝶翅、麻葉蝶翅、紫袍、寶珠茶、大瑪瑙等，最名貴者首推恨天高和童子面。

中國人文傳統中，愛山茶的花痴不少，白先勇是這個傳統的當代繼承人。宋朝的楊萬里和明代的楊愼都寫過山茶詩。楊詩有「誰將金粟銀絲臉，簇釘朱紅菜碗心」句，有點言志的味道。但我最喜歡的還是畫家兼詩人擔當和尙的四句：「冷艷爭春喜燦然，山茶按譜甲於滇。樹頭萬朵齊呑火，殘雪燒紅半個天。」

大家都到了「殘雪」的年紀，先勇兄二十多年前手植的山茶，不知是否已到「燒紅半個天」的境界？

陽台秋思

今夏生活平淡無奇，值得一記的唯有陽台的改造。將一百五十呎平方的木造陽台擴建成五百平方呎，不過是個簡單的土木工程，何須付諸筆墨？但動工前後的心思轉折，如今回想，竟透出濃濃秋意。

看過《紅樓夢》的人都知道，書中最重要的靜物主角大觀園，是爲了元春省親而大興土木，按圖紙一次建成的。曹氏花了不少功夫寫這個巨大園林的修建，但一旦完工，它便退入背景，作者不提，讀者也看不到以後的變化了。總覺得後四十回所以不耐讀，跟略去大觀園之衰有關。

園林不是「靜」物，永遠在變化之中。活的植物不說，非生物的亭台樓閣廊榭池館，又何嘗不是每日應有不同的面貌。只不過作者把背景布置完畢之後，眼光轉移到人的身上，忘了。

住在自家庭院裡，這個「變」字，感受便來得自然眞切得多。每天走進走出，永遠覺得有些什麼地方不合適，需要改，需要變。

二十多年前搬進來，從園林觀點看，我這個家，直是個「不毛之地」。除了兩塊草地，幾株老樹，眞可以說是一無所有。房子是典型的藍領階級，結實然而平板無奇，院子是一張白紙，怎麼塗怎麼畫，全憑自己。

二十多年下來，實踐經驗總結，我體會了一個道理：窮則變，變則通。所謂「窮」，就是覺得什麼地方不太順眼，不太舒服；所謂「變」，就是往自以爲是的方向修正。到了「人」與「物」之間彼此相安無事甚至怡然自得的地步，那就是「通」了。

第一步下手的是面對大街的前院前線。前任屋主最大的手筆是在那裡種了一株玉蘭。北美洲的這種玉蘭與台灣熟知的白蘭花樹雖屬同類，性質不同，葉子沒那麼光潔標緻，花有香味但濃濁如貧賤婦人的面粉。花形大而無當，我家的這個品種呈紫褐色，並不優美，唯一的好處是，報春時節一到，滿樹怒放，令人精神振奮。當然，這是二十年後的盛況，初期不過四、五呎高吧了。

前線地帶既無遮攔，大街上川流不息車水馬龍，屋子裡的人終日如處鬧市。這個「家」，非徹底改造不可了。

我於是花了些錢，買來一批各色常青針葉類喬木，建成一道綠籬，以求將市聲拒之於外。但因爲當初花不起大本錢，只能買幼苗，得等到五、六年樹形高大繁密之後，才眞正發生阻隔作用。

就這樣，這個「窮變通」法則便一路從前線開始，順勢向後方應用發展，花木草石的布置，屋內格局的改造，點點滴滴，步步爲營，二十多年下來，忽然驚覺，這個藍領階級品質粗糙的家，開始有一點它自己的風格了。

但是，有一個小小的疙瘩，始終橫亙胸中，即連接書房與後院的那座陽台。

原來的屋主不是讀書人，書房是我接手後的第一樁改造工程。當時做的略顯性急，附加的陽台未經深思熟慮，雖然做得還算結實，但面積太小，只容得下三、四個人在其上盤桓活動。

早就想改造了，但有兩層原因，讓我下不了決心。

父親過世一年前，曾有一段時光，每天坐在陽台上小餐桌旁看報寫信。拆掉這座陽台，會不會把那個珍貴的記憶破壞了呢？

此外，爲了心目中的理想陽台，我也曾有過一個羅曼蒂克的夢。

我想把陽台擴建好，並把陽台底下和兩邊的院落用一道溪流和水池連接起來。我想像自己在晴日或雨後，從煩倦的書齋生涯裡走出來，信步走向陽台的左邊，看汩汩泉水從山石堆中湧出，再踱向陽台右邊的欄干，俯看成群結隊的五彩錦鯉優游於萍藻天光雲影之間。

我甚至把錦鯉的最佳組合都預想好了：紅白兩條，昭和三色（墨底緋白）與大正三色（白底緋墨）各三條，外加金鱗金黃和銀鱗白金各一。此外，如果能找到近年從德國鯉與傳統鯉的雜交中培養出來的新品種如秋翠、九紋龍、羽白和黃松葉等，那就錦上添花了。

這就是我的壕梁觀魚之夢。

我甚至爲了這個夢，做了一個小小的實驗。

一位前輩朋友跟我說過他的經驗。「我們這裡鑿池養魚，最怕兩樣東西，」他說：「第一是冰，第二是浣熊。前者還好解決，池中最深處挖一個三呎以上的深洞，鯉魚可以過冬。這裡冬天絕不會冰凍三呎以上。浣熊就難了，除非你在池上加裝鐵絲網蓋……。」

我不信邪。

車庫角落裡有一隻以前爲了養荷花買來的皮蛋大缸。荷花因爲此間夏天不夠熱，陽光不夠強，光長葉子不開花，這缸因此已閒置多年。我把它抬出來，清洗乾淨，注滿水，擺在待鑿水池的預定工地上。又從寵物水族店買來五條飼料金魚，配上些水草，靜觀其變。

有兩、三個月時間，相安無事。金魚不但長大，而且互相追逐、交配、撒種，居然在藻葉中找到幾條沒給大魚吃掉的倖存小魚。

瀑布、水池和溪流用的必要器材和設備調查完畢，就準備僱工動土了。一天早上起來，忽然發現金魚不見了兩條。但檢查水缸附近，毫無犯罪痕跡，我懷疑是天上怪叫的鷂子（一稱雀鷹）趁人不備做的案。又過兩天，深更人靜時分，忽聽院子裡獸聲大作，打開燈，見兩隻浣熊圍著皮蛋缸嘶咬怒吼，見我提了根棒球棒跑出去，才倉惶逃走。

壕梁觀魚之夢就此粉碎，總不能隔鐵絲網看魚吧！

直到陽台年久失修又因天氣潮濕長了霉才痛下決心。

父親的影子，我相信，終究會藏在內心某處。何況，重建後的陽台，按照我的計畫，已擴大延伸到他以前最鍾愛的那株百年老橡樹底下。在那裡，我擺下他習慣的小餐桌。今後，只要天朗氣清，也就是我讀報寫信的地方了。

至於錦鯉，也只得依往例，窮則變，變則通。只是規模不得不大幅度收縮，也顧不得名種不名種，買幾條順眼的三吋魚仔，留在水族箱裡欣賞。雖無壕梁觀魚的哲味，煩悶時，也可以在箱前小坐。

最主要的「變」還是變在自己。

樂水的心境，不知何時開始，也不知為了什麼原因，變成了樂山。

這擴建的陽台，倒恰好承接了這一變化。從舊陽台的邊緣往前推進約二十英尺，如今站在陽台的前端，竟好似整座後山的林木，向自己心的深處貼近。

拒鹿

前兩天，明尼蘇達州有個獵人誤闖私人用地，遭主人驅逐，造成紛爭，竟釀成六死三傷的慘劇。爲了獵鹿而殺人，如非長期居住麋鹿天堂，恐怕難以了解。

鄰居告訴我一個故事，他有位親戚從歐洲某大城攜眷來訪，某日清晨，客人全家正在後院陽台上用早餐、看報紙，小女兒忽然驚呼：

「小鹿斑比！」

就在遠客們沉浸於詩情畫意的童話時刻，鄰居的小兒子提了把氣槍突然出現，二話不說就開了火。「小鹿斑比」雖未當場擊斃，受傷之後，必將爛死在林地裡。

遠客們，尤其是那位小妹妹，當下嚇傻了眼。鄰居說，親戚從此成了陌路，拒絕同他來往，把他看成了殘忍無人性的冷血動物。

「這是一種文化差距造成的震憾！」鄰居的結論，頗獲我心。

每年秋天，我這個苦心經營了二十餘載的不大不小的院落裡，有做不完的「冬防」工作，夠我忙上一陣子。園子裡有上千生命，即將面臨肅殺嚴冬，如不細心維護，次年開春免不了恤死撫傷，而「冬防」工作之中，最傷腦筋的，莫過於「拒鹿」。

讓我先談一談美國的「鹿災」。

據官方統計，全美國目前的「鹿口」，約在四千萬頭左右。由於各州皆有人道主義的保護政策，以上的估計數，可能過於保守。許多地方政府規定，獵鹿有一定的時間限制，生殖季節禁獵，母鹿和小鹿禁殺。像我居住的這個郡，甚至人道到不准用火器槍械，獵者只能用陷阱和弓箭，而且，所有獵人事先必須申請執照，規定狩獵季（通常約一個多月）內獵殺的數目。

天敵劇減（美國境內的野狼，有些地方早已絕跡），自然生境由於人類活動的擴張而縮小，鹿口又相對大量增加，結果就成了「鹿災」。

所謂「鹿災」，當然是指「鹿」對「人」造成的災難。

保險公司的報告指出，美國每年發生車與鹿相撞的事故達一百五十多萬起，因此死亡的人數超過三百。修車和保險損失在十億美元以上。一九七九年，奧地利有人發明了一種「救人鹿警裝置」，一九八一年引入美國，據說許多大公司的車隊，州警隊和政府野生動物保護機關均已採用。這個裝置由一對兩英寸長子彈形狀的器械組成，裝在汽車的前保險槓上。當汽車行駛速度超過每小時三十英哩時，通過汽缸的空氣便發出超音波的信號（約在一萬六千到兩萬赫茲之間），遠在四分之一英哩之外的野生動物因此不致衝上公路。由於是超音波，車內和路上的人都聽不見而不受干擾。

但這種裝置尚未普及到一般用戶。

除了車禍，還有病災。

寄生於鹿身上的一種壁虱（tick），攜帶多種病菌，造成了嚴重的流行病。壁虱吸了鹿血，帶著病菌，從鹿身上掉下來，棲息在樹林草叢之中，有人經過時便爬上人身吸血，傳病於人。其中最嚴重的叫做「萊姆症」（Lyme Decease），因一九七五年在康乃狄克州南部的萊姆鎮首次發現而得名。這種病，輕者皮膚出紅斑，關節疼痛和輕微發燒，如不及時以抗生素消滅，病菌侵入中樞神經系統、心臟和腦部，足以致死。

我居住的這個郡，位於紐約州南端，原來是一片丘陵地，原始林的覆蓋面相當大。雖然有些近紐約市的地段早在十七世紀就已開發，破壞程度不算嚴重。近百年來由於城市擴張迅速，漸成為紐約市的衛星郊區，人口大量湧入，房地產和隨之而來的交通、商業設施不斷增建，山林面積萎縮，野生動物的生境日益侷促。記得二十六年前剛搬來的時候，清晨傍晚，常見野鹿在門外馬路上蹓躂，如今已成川流不息的通衢要道，加上丘陵高地被開發商看成利市百倍的高級住宅寶地，大片原始林被分割成片，野生動物遂被迫在割剩的狹小天地裡求生存，人獸之間的活動範圍開始重疊。

我因爲三年前被壁虱咬過一次，得了一種怪病，叫做「艾利希症」（Ehrlichiosis）。病菌侵入身體後，大量破壞血液中的血小板，造成嚴重的低血壓，幾乎因此喪命。後在郡政府的網站上追查，發現我們這裡竟成了流行病區。一九九一到一九九四年間，僅登記在案者，每年平均有六、七萬人遭壁虱侵咬。近年因聯邦政府撥款，疫苗研製成功，稍有好轉，但威脅仍在。我家老二週末返家常愛帶狗上山散步，也感染了萊姆症，抗生素整整吃了一個月才恢復正常。

對我和我的鄰居而言，「鹿災」最大的威脅還不是上述事故或病痛，因爲只要小心謹愼，防災避難並不困難。

最難對付的是小鹿斑比的胃口。

每年冬天，山林裡面能吃的都吃光了，斑比群開始下山，到附近的住宅區裡覓食。前幾年，一個春天的下午，鄰居隔著籬笆向我求教。

「怎麼你的杜鵑還有花？我家的杜鵑叢已經成了鹿的沙拉吧了。」

這可不是三言兩語說得清的。我的「拒鹿」經驗，少說也有十幾年了。開始也是屢敗屢戰，試過的手法不下十種。市面上能買到的，都一一採用，其中有各種不同配料的噴劑，氣味難聞不提，最混帳的是，好不容易花了錢又花了時間和精力，全部噴灑一遍，過不了十天半月，一場大雨或雨雪，全部效力化爲烏有，又得重新來過。灑在地上的拒鹿藥粒，情況也大致相同。爲了省錢，自己也嘗試過辣椒和大蒜水，雖省錢，製作過程卻教滿屋子人仰馬翻，涕泗交流，而實效依然不彰。我又試過人髮（常去的理髮廳收來的）、狗糞和代價不菲的超音波發射器，然而，小鹿斑比的智慧不可低估，飢餓壓迫之下，牠們也有屢敗屢戰的精神，一個冬天下來，最後還是突破了防線。

那年秋深，我請鄰居來見習我的偉大拒鹿工程。

工程材料一共三種：黑色尼龍網、鐵樁和釣魚線。

鐵樁分兩種，植株不高的花床區用四呎，杜鵑區則用六呎，用鐵錘打下地二呎，每隔三至五呎一支，作爲尼龍網的支撐。

尼龍網是上網買來的。七呎寬一百呎長的一整捲售價二十美元，每年要用十捲。尼龍網黑色，舖上後遠望不見痕跡，故不致於礙眼。網眼約一公分大小，鹿嘴即使伸入也無法咀嚼。

釣魚線則是最後一道壁壘。必須用釣海魚的重磅魚線，在鹿可能侵入的所有進出地區，繞樹布置，上中下三條。上阻頸，中擋身、下絆腿。因魚線顏色透明，夜間活動的鹿看不見，只覺阻撓而不見物，小鹿斑比再聰明，也不懂如何穿過。

鄰居驚歎，不在話下。

最得意的是，對於小鹿斑比，只拒而不殺，維持了最低的人道要求。

而來春滿園花開時，收線拆網雖煩，至少了無血腥。

冬不閒

溫度降下來了，樹葉早已落光，草地上不但經常鋪霜，偶而還見雪跡，肅殺冬寒如今已無可懷疑，這時節，居住在我們這一帶的人，只能藏頭縮尾，準備長閒了吧。

城裡的朋友不時來個電話。

「這種天氣，還不到城裡來看看戲，喝喝酒，鄉下冷冷清清的，幹什麼呀？」

我的右鄰，是個做台灣進出口生意的猶太人，感恩節一過，就開始打點行李了。

「什麼時候到南邊來玩玩？」他每年都不忘邀請我，「我那間公寓，窗子對著海，一、二月間還有七、八十度，釣魚、打球、游泳……每天隨你選，何苦留在這裡鏟雪，發呆！」

這一帶的球場，只要第一場雪落下來，兩、三天不化，就等於正式宣布冬眠。整整四個月時間，除了排水、養草，絕大部分員工無事可幹。我慣去的那個球場，跟我早就像老朋友的那位發球員，每年一到這個長假，就像經常棲息在球場湖邊的加拿大灰雁一樣，振翅望南方飛去。

勞德岱堡是我第二個家，他告訴我，每年在那兒做義工，幫他們巡巡場，做點雜活，換取免費打球的權利。

「既省錢，又可天天曬太陽，醫生說，保證長壽呢！」

每年到了這個時候，不免有些掙扎，去還是不去？

佛羅里達州，對美國東海岸的上億人口而言，早已成爲公認的「人生終點」。這個「終點」，事實上不算淒涼，因爲只要你辛苦一生，略有積蓄，那個退休終老之鄉，就成了牛奶與蜜的樂土。

然而，直到現在，我仍然頗能自持地抗拒著。我的冬天，並不清閒。

霜降之前，園子裡的冬防工作，夠忙上一陣子。

牡丹和玫瑰，得好好護根。以平均每一株五鏟土計算，這洋鍬的勞動就得三百鏟上下，至少忙上一、兩天。

杜鵑的冬防工作更加複雜。

這塊地，因爲是天生的斜坡，每年初春化雪就成了災難的代名詞。初來那兩年，野心既大，經驗又不足，曾經慘遭蹂躪。一口氣種下了幾十棵，雪水沖刷，泥土流失，根系青筋暴露，冬眠花芽枯萎還算是幸運，整株暴斃者不下五成。痛心之餘，只能效法大禹治水，在入冬前開鑿排水渠道，春前更三番五次疏浚，總算找到了有效的處方，不過，該投下的勞動力，也可以想像了。

有些亞熱帶的塊莖植物，如紫紅葉美人蕉，是多年生草花圃裡鶴立雞群的重點栽培，不能不救。辦法是書本裡找來的，必須剪枝去葉，挖出塊根，以牛皮紙包裹之，收藏於紙箱，選室內暖氣不到而氣溫略高於冰點的地方貯存，以待來年。

這個做法，有點像熱帶培養鬱金香。園藝學上有個名稱，叫做stratification，中文譯爲「分層沙藏」，但其實與沙無關，只以塑料薄膜包裹而不密封，置於冰箱中的蔬果欄內，把溫度調到華氏四十度上下，冷藏一個月左右，讓球莖過完人造的冬天，即可入土灌水，使之發芽生長。

美人蕉的塊根體型巨大，冰箱容納不了，只能放在洗衣房隔壁的車庫工具架上，借洗衣房的暖氣，避免結冰壞死。

五爪楓和其他耐寒盆栽也需要花點功夫，動點腦筋。

多年實踐，了解到這批生命的基本要求是：不能太冷也不能不冷。「冷」的極限是華氏零下，「不冷」的程度又不可超過華氏四十度，過與不及皆可能傷亡慘重。

南面窗下有一溜向陽的短牆，把盆栽木架倒下橫放，形成一個既容陽光雨雪又能擋風的冬眠區小氣候，整個冬天可以高枕無憂矣！

爲了避免高價收集的日本原裝盆結冰破裂，每棵植物必須連土從盆中起出，一一以塑料購物袋包裹。包裹不能太密封，則雨雪猶能滋潤，蓋冬眠期中的植物，雖停止生長，仍須維持生命延續也。

最難伺候的是那些原生於溫暖無冬地帶的盆栽植物。

山茶的開花期就在尷尬的秋冬之交，這段時間最需經常照顧。留在戶外必凍死無疑，移入室內又因暖氣造成空氣乾燥而易落蕾，保持盆土不乾不濕並經常噴霧遂成爲每日不能偷懶的功課。

此外，四季金桂，曇花、石榴和一些日本種的畏寒杜鵑，都必須放在南面落地窗內。澆水、施肥、鬆土之外，更重要的是預防病蟲害。室內空氣不流通，生長環境乍變，蟲害隨時發生，但噴藥則人畜受害，只能經常注意，密切觀察，務求殺敵於萌芽階段。

半年前，在朋友家看到一棵養在盆內的綠絨（Philodendron，一稱喜林芋，大陸俗稱龜背竹），葉片蒼翠而藤蔓結，從牆根蔓衍而上。一路送出金爪似的氣根，滿布於天花板上，彷彿一幅活生生的天然壁畫，煞是好看。終於忍不住要了兩片葉子帶上一條細藤。這種植物原生於熱帶雨林，我曾在印度洋中的塞舌耳島上親見，雨林中的參天樹冠底下，過濾陽光的深綠世界裡，此物蜿蜒翻騰，彷彿飛天游龍。但在我家這個環境裡，費盡心神養了半年，才勉強多吐出兩條氣根，今年冬天也就不免成爲重點保護的對象了。

重點中的重點是兒子送來寄養的二十幾株非洲蘭。

兒子的童年，從八歲到十歲，是在肯亞渡過的，這是他一生難忘的鄉愁。

這兩年，兒子的事業略有長進，工作沒日沒夜，連交女朋友的時間都沒有，但這批非洲蘭卻無論如何不肯放棄。我了解他心裡念念難忘的是什麼。一九七六年四月某個週末，我們驅車經過內羅畢西方的大峽谷。在一處可以眺望的峭壁山巖上，他雙手捧著一株蘭科植物從樹林裡衝出來，眼睛冒著金光。

「這是什麼？我發現的……。」

那可憐的生物只有三片枯乾的革質綠葉，五、六條氣根。因為缺水，葉片的綠色近似枯黃，但葉腋中奔出一條細長的花梗，上面滿綴乳白色的串花，彷彿一群濃縮成爆米花大小的白鷺，振翅欲飛。

前幾年，美國經濟不景氣，兒子商場情場兩處掙扎，這二十幾株陸續收集來的非洲蘭，珍貴的程度，不難想像，我這個過冬保姆的責任，何其重大！

這批蘭科植物，跟一般人想像中的炫麗耀眼蘭花，完全不同，屬於蘭界命名為Angraecoid一類的植物。Angraecoid一詞源於Angraecums，中文稱為風蘭，字源來自拉丁拼音的馬來語angrek，意即蘭花。這一屬的蘭花共有一千多個種，絕大部分生長在非洲，由於生境難以複製，花色花形又不起眼，從未在蘭界走紅，兒子所以多方羅掘收養，自然是因為他的蘭科植物啓蒙經驗。

爲了複製這批生命的生境，做老爸的絞盡了腦汁。天花板上加裝了仿造陽光的燈管，房間內二十四小時開著低度旋轉的風扇，每天還要晨昏各噴霧一次。

最難處理的是水。自來水不能用，因爲含鹽量過高，必須收集雨水。溫度必須控制在華氏六十至八十之間，且日夜溫差至少十度。夜間不降溫，它們就不快樂。

濕度製造尤其困難，只好在它們的周邊，盡可能多放些盛水的盆盤，待其自然蒸發……。必要時，還得打開電動製濕器。

誰還擔心冬天長閒？不累死已經不錯了。

INK PUBLISHING 文學叢書 100

月印萬川

作　　者　劉大任
總 編 輯　初安民
責任編輯　丁名慶
美術編輯　許秋山
校　　對　劉大任　丁名慶

發 行 人　張書銘
出　　版　**INK**印刻出版有限公司
台北縣中和市中正路800號13樓之3
電話：02-22281626
傳真：02-22281598
e-mail:ink.book@msa.hinet.net
法律顧問　林春金律師

總 經 銷　成陽出版股份有限公司
訂購電話：03-3589000
訂購傳真：03-3581688
http://www.sudu.cc
郵政劃撥　19000691　成陽出版股份有限公司
門市地址　106台北市新生南路三段96-4號1樓
門市電話　02-23631407
印　　刷　海王印刷事業股份有限公司

出版日期　2005年 9 月　初版
ISBN 986-7420-86-1
定價　260元

Published by **INK** Publishing Co., Ltd.

Printed in Taiwan

國家圖書館出版品預行編目資料

月印萬川／劉大任 著.－－初版，
－－臺北縣中和市：INK印刻，
2005〔民94〕面；　公分（文學叢書；100）

ISBN 986-7420-86-1（平裝）

855　　94015485